U0810651

棠棣联芳 TANGDI LIANFANG

时代出版
时代出版传媒股份有限公司
安 徽 文 艺 出 版 社

凌铁汉，男，安徽省宿松县人，汉族，退休教师，安庆诗词协会、宿松楹联学会、九姑诗词分会会员。

1948年冬月出生于一贫寒农家，在乡村中小学执教四十载，其间任小学校长五年。2008 年退休后笔耕不辍，创作格律诗词和楹联近千余首（副），其中部分佳作在有关刊物上发表。

凌铁汉一生崇德向善，多次资助贫困学生，用无私烛光点亮寒门学子求学梦。退休后仍不忘发挥余热，热心公益事业，为乡村发展积极建言献策，先后被评为“ 雨福好人 ”“ 千岭乡贤 ”，宿松县“ 新乡贤 ”“ 优秀共产党员 ”。凌铁汉还鼓励儿子积极从善，其子凌姚敏先后捐款数百万元资助家乡贫困群众。

凌铁汉一生勤俭持家，崇尚责任与亲情，《棠棣联芳》正是其高尚品德和笃厚家风的生动写照。

棠棣聯芳

凌鐵漢著

郁本基題

时代出版传媒股份有限公司
安徽文艺出版社

图书在版编目（CIP）数据

棠棣联芳/凌铁汉著.—合肥：安徽文艺出版社，2017.10（2023.4重印）
ISBN 978-7-5396-6202-2

Ⅰ．①棠… Ⅱ．①凌… Ⅲ．①诗词－作品集－中国－当代 Ⅳ．①I227

中国版本图书馆CIP数据核字(2017)第225739号

出 版 人：姚　巍　　责任编辑：胡　莉
装帧设计：徐　睿　　策　　划：中广云创文化传媒

出版发行：安徽文艺出版社　www.awpub.com
地　　址：合肥市翡翠路1118号　邮政编码：230071
营 销 部：(0551)63533889
印　　制：阳谷毕升印务有限公司　(0635)6173567

开本：880×1230　1/32　印张：7.875　字数：250千字
版次：2017年10月第1版
印次：2023年4月第2次印刷
定价：68.00元

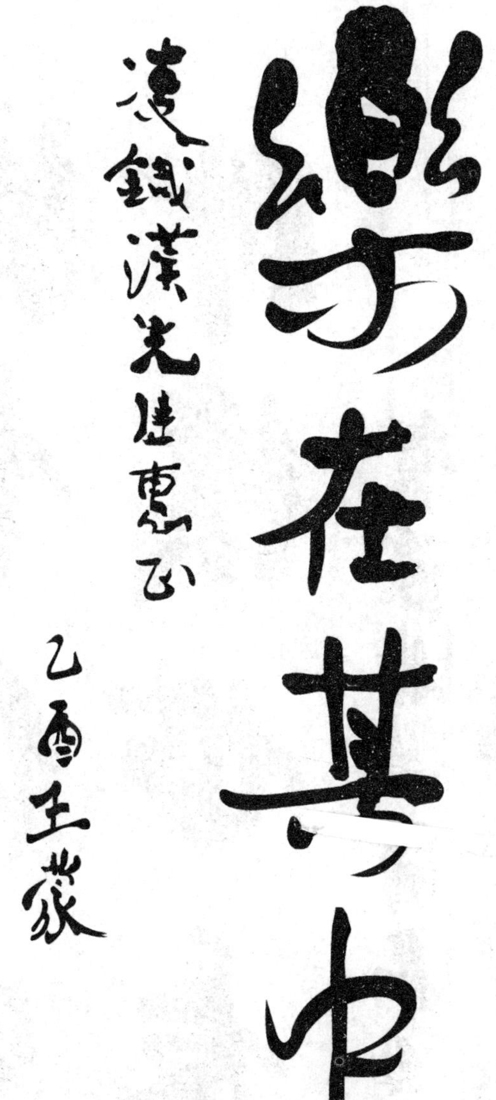

文化部原部长王蒙题词

詩書傳家
耕讀世長

賀凌先生詩集出版

海江書

文化部办公厅副主任兼机关服务局局长都海江题贺

贺凌先生诗集出版

贺东久

先生名铁汉,柔情卷文澜;
胸怀赤子意,笔下动歌弦;
执鞭教孺子,辛劳年复年;
松滋风华地,代代出先贤。

(作者贺东久将军为安徽宿松人,著名诗人、词作家,总政歌舞团创作员、一级编剧)

贺凌老先生诗集出版

吴云涛

贺君纤笔出精兵，
凌厉干云大气横。
老骥奋蹄怀远志，
先鞭驱毂续长征。
生逾花甲花开笔，
诗发文心文寄情。
出谷流泉声婉转，
集仙他日访高名。

（作者系宿松县教育局党委书记、局长）

序

古邑松滋东厢之雨福，居赛水之滨，山清水美，钟灵毓秀。凌铁汉先生正是这块土地孕育的师者、诗人。其人举止端庄，性情忠厚；为人不卑不亢，不趋炎附势；工作吃苦耐劳，甘于奉献；先富不忘邻里，扶危济困。轻名利，重诺言，重友情，乐助人，有君子之风。其交友广泛，胜友如云。

如今，已是古稀高龄，仍不遗余力，搜集整理兄弟四人佳作，编纂成《棠棣联芳》，并附刊儿孙自由吟唱。这是宿松诗坛上绽放出的一朵绚丽的奇葩。所谓芳馨流吟苑，功业千秋，可喜可贺。

中华诗词形式多样，诗词集锦古已有之，而集三代之佳作，汇编成集，还不多见，可见此集之独具匠心。本集借吟咏述志，或歌祖国富强、繁荣昌盛；或赞人民脱贫致富，步入小康；或以家规治家，义方是训；或表人间亲情，情真意切；或赏桑榆晚景，霞灿云天。其内容无所不包。真是人才济济，珠玉同辉，无数佳构，妙句纷陈。多人之作，各用不同的文字、不同的笔调、不同的风格，多人多面，各显其能，各具特色。

善哉此举，因赞诗云：

诗词艺苑百花馨，棠棣联芳一片春。
盛世奇才观少壮，乐山老迈倍精神。

本集主要汇集铁汉先生四兄弟诗、词、联数百首（阕、副）及散文，并附刊儿孙自由吟唱及习作、众乡贤师友致诗集出版与寿诞之题贺，共同筑成诗词交流之平台。

《棠棣联芳》诗文，本于性情，据实写真，多是至情之作，最能感动人心，令人耳目一新。本集有如下特点：

一、创作题材广泛，诗艺精湛

集中诗词题材广泛：缅怀元勋、赞颂将帅、怀念亲人，吟颂社会新风、民族风情、壮美山河，直至身边诸事，都摄入笔端，点化成诗。

纪念毛主席一百周年诞辰时，铁汉先生的七律，热情洋溢地歌颂了一代伟人的丰功伟绩，气度恢宏，感情豪迈，文字洗练，铿锵有力。其诗曰：

拔剑屠龙绕建章，追求真理走穷荒。井冈山上沥肝胆，遵义城头导远航。武略雄才超汉武，文韬海岳赛秦皇。挥师横扫三山倒，青史无私自确量。

再看他的《哀别周总理》诗句：

灵车缓缓送忠骸，十里长街夹道挨。雪洒京都甩泪别，星沉大地举家哀。毕生精力劳心瘁，国计民生常挂怀。一生廉洁谁伟大？寰宇贤相周恩来。

此诗短短数句，概括了周总理一生为革命鞠躬尽瘁的崇高品德。文辞虽简略，却充满真挚感情，催人泪下。

又如，《电视剧〈朱德元帅〉观后感》诗云：

救国展才能，讨袁善斗争。八一宣起义，跃马捣蒋营。一代大元帅，襟怀磊落明。丹心铸伟业，望重赞声频。

此诗以洗练明快的文字，写出朱德元帅戎马一生，一身正气，壮志凌云，铁骨铮铮。

再如，缅怀母亲的诗句：

服丧时日思娘亲，整夜萦怀泪满巾。年少亡萱兄嫂管，老来失伴带曾孙。含辛茹苦勤劳作，相夫教子意情深。想会尊容梦里见，膝前再绕待来生。

明快的笔调勾画出舐犊情深。

作者诗词，处处表现出热爱祖国的感情，看他的《北京街头即景·立交桥》和《北京街头即景·新四大建筑》诗句：

车水马龙不断驰，虹霓飞架任东西。花鲜草绿人文美，便捷交通世界奇。

剧院鸟巢水立方，中央电视新楼房。文明首府辉煌铸，现代琼楼国粹扬。十亿神州鼓斗志，五洲宾客谋通商。时艰共克与时进，经济腾飞国富强。

此诗为祖国强大昌盛而高歌，满怀激情，尽在笔下流淌。

二、忠于职守，孜孜不倦

凌铁汉先生是有名的忠厚淳朴、恭谦和顺、品德高尚的人。刚走上教育战线正值“文革”，他虽被戴上“臭老九”的帽子，但仍兢兢业业，认真施教，无私奉献，这种精神在他的《鹧鸪天·奉献》词中展露无遗：

静坐书斋忆往前，校园理裁着鞭先。言传身教醉心月，奉献无私舌耕田。循善诱，把经传，析疑解惑不得闲。粗茶淡饭平安过，最爱桃红李蒂天。

久经风雨，终见彩虹。党的十一届三中全会后，拨乱反正，教育迎来春天，“往事任随水流去，尚存铁笔写春秋”。他曾写道：

执教扬鞭四十寿，培桃育李倍艰辛。讲台三尺传师道，粉笔一支点迷津。入情入理开智慧，无忧无怨铸精英。殚精竭虑心安泰，以校为家曙色新。

又如他在《万元初中遣兴》中写道：

忠弟随班就读，手足情深同眠。粗茶淡饭度时年，生活清贫谁怜？夏夜驱蚊摇扇，睡醒翻书深研。析疑解惑把经传，赢来成绩斐然。

词义构思新颖，短短数语，体现出教学之辛苦、手足之情深。

他深知读书要有书，光靠借阅诸多不便，于是便省吃俭用，攒钱买书。在三十多年中，日积月累，购得各种图书不下数百卷。嗜书如命，购书欲狂，读书若痴。他在《苦读》诗中写道：

读书养气解心虚，不学无知视若愚。假日无暇为市隐，潜心攻读室藏书。

他购书不是点缀门面，而是"读书破万卷，下笔如有神"。

三、老骥伏枥，辛勤耕耘

凌铁汉先生五十几岁始习平仄，学写诗联，勤奋笔耕，如今已是安庆诗词、宿松楹联、九姑诗词分会会员。至今已创作诗词联近千首（副），多能做到构思新颖、立意高远、含义深刻。不少诗词已在报刊上发表。

试看《登长城有感》：

万里长城举世惊，群山俯首迎嘉宾。蜿蜒蠕动千年秀，凤卧龙栖万里春。古代筑成防外患，如今装扮恋游人。始皇建造功劳著，还是人民具匠心。

写诗是辛苦的，他的《夜读有感》：

孤灯伴影夜深沉，哪晓星稀斗转寅？四季读书增智慧，三余剪句苦清吟。挥毫泼墨扬新秀，放眼朝阳描锦春。学海用功追少壮，以求补拙振精神。

又如《晨兴感怀》：

醒来户牖透晨光，枕伴诗刊读几行。探索琼林耽雅韵，推开词库细端详。退休复读童蒙学，意味深长觅晚香。毕世擎鞭途未了，余晖指笔老痴狂。

正是“宝剑锋从磨砺出，梅花香自苦寒来”。凌铁汉先生如今已是古稀高龄，但还是精力充沛、才思敏捷，仍坚持读书写诗，笔耕不辍。他的诗词，激发真情实感，弘扬民族精神，彰显高尚风范，光大中华国粹。读者潜心品读，定然受益匪浅。

以上所述,乃管窥蠡测,请方家批评指正。后以七律小诗作结,是为序。

漫道人生坎坷多,襟怀坦荡知安过。
若非桃圃输肝胆,怎识芳林领斧柯?
珍惜三余平仄用,坚持四季读书歌。
常怀高艺塑神匠,返日骚坛乐呵呵。

(孙学文)

学诗遣兴（一）

——代自序

凌铁汉

邯郸学步苦清吟，平仄不调韵不纯。
作赋填词意乏味，吟诗谱曲笔荒神。
重温李杜求真谛，崇拜欧苏来问津。
用尽三余吾所愿，与时俱进颂阳志。

目　录

CONTENTS

【吟颂新风】

[烛影拾零]

【附录一　棠棣联芳】

【附录二　儿孙习作选刊】

【附录三　师友题贺】

◆尚德家风◆

家庭三字经

勤为本，诚立身。俭养德，孝当先。
和为贵，善作魂。讲仁义，礼恭谦。
夫妇间，敬如宾。相互间，要随和。
交朋友，宜谨慎。量力行，重信誉。
言与行，多思考。世间事，皆学问。
学无涯，苦作舟。三人行，有我师。
活到老，学到老。文理科，莫偏废。
德智体，全发展。进高校，攻专业。
成与败，靠打拼。固步封，遭淘汰。
积财富，针挑土。败家时，水推沙。
精细算，莫铺张。教子女，贵有方。
和蔼亲，重引导。常研讨，规范行。
清廉洁，好自为。拐蒙骗，切莫为。

非分事，不沾边。济贫困，理应当。
与时进，不等闲。子孙贤，乐无边。

家 训

后世子孙，诲尔谆谆。为人处世，谦虚谨慎。
勤俭持家，安身立命。紧跟形势，与时俱进。
学海无涯，志者事成。刻苦钻研，永无止境。
书田无赋，惠及儿孙。忠孝节义，毋忘根本。
国事为重，民族振兴。抗御外侮，同仇敌忾。
安定团结，国计民生。卧薪尝胆，振奋精神。
衣食无忧，盛世清平。小康致富，繁荣昌盛。
光阴似水，岁月如金。书山有路，勤奋攀登。
逆水行舟，发愤前进。学以致用，术业专攻。
尊师重道，礼贤下士。良师诤友，如事至亲。
嬉戏游乐，不可擅行。赌色场所，千万莫进。
失足难悔，寸步留心。坑蒙拐骗，天理难容。
襟怀坦荡，事必躬亲。行善积德，和顺世情。

扶危济困，驰驱并行。设身处地，将心比心。
传承文明，家庭温馨。成家立业，务必慎行。
担当责任，义务履行。敬老爱幼，人之常情。
夫妇齐眉，其利断金。相互包容，礼让称心。
善始善终，家风纯正。言行举止，影响他人。
恶语相向，功败垂成。循循善诱，情理并行。
一粥一饭，来之不易。半丝半缕，物力维艰。
兴趣爱好，不可强求。齐家治国，各尽所能。
业精于勤，精益求精。厚德载物，高屋建瓴。
戒骄戒躁，励志前行。古今中外，榜样成群。
世事洞明，皆成文章。吟诗歌赋，品位增强。
修养情操，显姓扬名。知足常乐，水到渠成。
见贤思齐，共同前进。励精图治，永乐太平。
喜庆婚丧，力戒铺张。仁至义尽，何须张扬。
家财万贯，切莫癫狂。改革创新，任重道长。
科技兴国，学识强民。书香传家，祖宗理想。
节衣缩食，要进学堂。国家荣昌，永志莫忘。

立身处世之本

忠勇为爱国之本,和顺为齐家之本。
勤劳为立身之本,俭朴为养德之本。
学问为智慧之本,信誉为立业之本。
诚信为经商之本,仁爱为关怀之本。
礼义为处世之本,扶危为救急之本。
济困为助人之本,助人为快乐之本。
整洁为强身之本,和平为外交之本。
服从为负责之本,有恒为成功之本。

创业成　当慎思（创业三字经）

勤为本，诚立身。俭养德，孝为先。
和为贵，善作魂。世间事，皆学问。
求木长，固根本。欲流远，浚泉源。
思国安，积德义。居安逸，戒奢欲。
善始繁，克终寡。取之易，守之难。
既得志，毋纵情。宜竭诚，傲物亏。
不怀仁，貌似恭。载覆舟，宜审慎。
欲壑深，难满盈。思知足，以自戒。
适可止，以安人。念高危，思谦慎。
乐盘游，应有度。忧懈怠，慎敬终。
虑壅蔽，虚怀谷。惧谗邪，正言行。
能而任，择善从。智尽谋，勇竭力。
昨日新，今朝陈。革故旧，创新颖。

成与败，靠打拼。固步封，遭淘汰。
高精尖，无止境。常思进，永不停。

和为贵

国泰民安乐，家和万事兴。
勤俭是根本，诗书惠子孙。
争论起矛盾，不必锋对针。
切忌窝里斗，是非有公论。
尊老兼爱幼，忠孝重人伦。
兄弟妯娌间，信义当永存。
人生天地间，淡泊德为邻。
桃园刘关张，千秋传美名。
武穆遭风波，后世都骂秦。
一笑泯恩仇，和顺福满门。

随遇而安

各行各业敬领导，犹如晚辈重父老。
阿谀奉承诚可鄙，言听计从不可少。
好言一句三冬暖，恶语相向透心凉。
自我奋斗挑重担，无名英雄天知晓。
万无一失难保全，一旦有失生烦恼。
忍辱负重为最好，眼钉肉刺要赶跑。
谨言慎行重修养，察言观色莫叨扰。
事后诸葛方明白，青春年华哪里找。
四处碰壁暗流泪，怀才不遇毕竟少。
严于律己讲度量，宽以待人要做到。
真理必胜有天理，人脉关系很重要。
奉劝君子听我歌，伸屈自如品德高。

自　嘲

舌耕生活卅六年，默默无闻猛着鞭。
废寝忘餐施雨露，呕心沥血育英贤。
一身许国作师表，两袖清风注砚田。
但愿芬芳桃李硕，何须名姓见经传。

（注：刊于 2005 年《九姑诗选》第三期）

劝　学

科技高峰曲径赊，钻研刻苦乐无涯。
勇攀逾越崎岖路，春入山村处处花。

小燕子(儿歌)

小燕子,穿花衣。
衔春泥,回故里。
筑新居,有毅力。
捕害虫,喂子息。
好儿童,有志气。
学知识,少嬉戏。
手和脑,都用齐。
勤有功,戏无益。
学燕子,不顽皮。
当英才,早准备。

爱拼才会赢

社会犹如大舞台，一方唱罢一方来。
小生花旦武生脸，弹唱吹拉都入怀。
扮相唱腔演艺别，成功失败大家裁。
十之三分由天定，奋力打拼不等待。

开宗明义

和衷共济，明德修身。
排除杂念，至诚求真。
棠棣联芳，枝叶茂盛。
书田免税，子孙耕耘。

醒　言

为人百艺好随身，赌博场中莫去亲。
能使英雄为下贱，管教富贵作饥贫。
衣衫褴褛宾朋笑，田地荒芜骨肉分。
不信但看乡党内，倾家荡产几多人。

时不我待

光阴去不返，过眼似烟云。
智者情无限，庸人必自焚。
奢华钱若土，祖德贵如金。
励志激流进，与时当创新。

处事楹联一副

随时随缘随性随喜随遇而安

尽职尽责尽心尽情尽力所为

知足常乐

常温《好了歌》,知足心平和。
淡泊以明志,奸诈必沉舸。
难得一糊涂,处世笑呵呵。
静坐思己过,无私奈我何!

人脉关系

人生天地间，落入红尘网。
大千世界里，最早认爹娘。
水源树有根，毕生不能忘。
社会成员里，比翼同奋扬。
一起同过窗，一起扛过枪。
虽然是故交，结伴莫逞狂。
三教和九流，谦恭慎应酬。
朋友遍天下，潇洒走全球。

卜算子·回顾

峥嵘岁月去，
改革春潮漾。
全民奋发兴华夏，
予乃心情畅。
童叟自寻安，
贫弱当思强。
扶危济困行善举，
盛世日康长。

鹧鸪天·遣怀

静坐书斋忆往前，校园理裁着鞭先。
言传身教醉心月，奉献无私舌砚田。
循善诱，把经传，析题解惑不等闲。
粗茶淡饭平安过，最爱桃红李蒂天。

即感(自由体)

改革开放前,执教不得闲。
负责毕业班,昼夜心胆悬。
忠弟随班读,勤谨苦钻研。
身教胜言传,何须恶语言。
咸菜拌淡饭,经常催睡眠。
生活虽清苦,兄弟情谊甜。
最大遗憾事,视力未保全。
人才国之宝,师道应传延。

西江月·万元中学任教

忠弟随班就读，
情深手足同眠。
粗茶淡饭度时年，
生活清贫谁怜？
深夜迷津指点，
解惑析题深研。
以身作则把经传，
中专成绩斐然。

风雨情缘(自由体四则)

(一)

四十又六年,弹指一挥间。
多少辛酸事,躬亲不等闲。
安居当首位,六次房屋迁。
风雨泥里转,身心亦陶然。

(二)

家务田园里,哪知身体倦?
待人和接物,不顾囊中怜。
温恭尊老幼,乡邻众道贤。
磕磕绊绊时,相互纳忠谏。

（三）

儿女举大事，兴家创业艰。
欣逢今盛世，历练京畿间。
虎跃龙腾日，争得百卉鲜。
媪翁居故里，无虑又无牵。

（四）

家和万事兴，天遂众人愿。
足食衣丰盛，积德又行善。
悠悠岁月里，颐养太平年。
霜颊漫长爱，雪梨老更甜。

重修祖堂

——公元 2015 年冬月，两姓合修老屋祖堂有感

两姓居老屋，世代均吉祥。
欣逢太平世，重修老祖堂。
祖德流芳远，宗功世泽长。
励志共奋进，子孙意气昂。
三百六十行，都出状元郎。
勤谨加智慧，致富奔小康。
读书明事理，愚盲添惆怅。
忠孝礼仁义，千万不能忘。
科学日新异，学海泛舟闯。
齐家暨治国，神州美名扬。

古稀遣兴

白驹过隙瞬间逝，懵懂渐近古稀年。
碌碌庸庸笔做伴，勤勤恳恳舌耕田。
赋诗作对黔驴技，泼墨班门弄斧篇。
积德施仁天道顺，亲朋挚友喜相连。

◆吟颂新风◆

共产党好

建国兴邦六十年,励精图治克时艰。
飞船寰宇弄星月,百姓喜耕免赋田。
抗御危机存实惠,下乡家电少花钱。
和谐社会人心奋,科技创新永向前。

强　国

抗战胜利七十年，华夏子孙意缠绵。
国穷民穷志不穷，寇嫌贼嫌天不嫌。
全民奋发赴国难，众志成城卫家园。
我辈同胞当警醒，振兴民族繁盛延。

富　民

太平盛世喜空前,百姓耕种免赋田。
老少居家皆乐意,青年挣得放心钱。
老来病养有依靠,推进创新更保险。
国计民生谋发展,神州万里尽开颜。

送罗浩楹联一副

四维国昌盛，
水告民安乐。

赞慈善法

乐善好施不等闲，扶危济困理当然。
高楼大厦万千幢，天下寒门喜笑颜。

精准扶贫好

山清水秀天蓝蓝，和煦阳光拂面来。
精准扶贫落到实，高楼大厦赛蓬莱。

北京街头即景·立交桥

车水马龙不断驰，虹霓飞架任东西。
花鲜草绿人文美，便捷交通世界奇。

北京街头即景·新四大建筑

剧院鸟巢水立方,中央电视新楼房。
文明首府辉煌铸,现代琼楼国粹扬。
十亿神州鼓斗志,五洲宾客谋通商。
时艰共克与时进,经济腾飞国富强。

登长城有感

万里长城举世惊，群山俯首迎嘉宾。
蜿蜒蠕动千年秀，凤卧龙栖万里春。
古代筑成防外患，如今装扮恋游人。
始皇建造功劳著，还是人民具匠心。

雨福小学感怀

雨福村民不畏难，聚资建楼信心坚。
人人捐献掀狂热，个个支援抢在先。
栽李培桃为己任，尊师重教猛扬鞭。
神州大地春风暖，改革放开锦绣天。

养鱼池(二则)

(一)

滩涂河汉湾,今变养鱼潭。
蓄水又防旱,资源得改观。

(二)

荒芜偏僻地,垂钓休闲间。
发展讲科学,子孙福祉绵。

千岭、九姑两乡采风纪行(六则)

楔子

一墩双寺岭，初夏采风行。
改革春风惠，神州变化新。
人心齐向上，建设新农村。
栉比楼林立，住居如县城。

竹墩村

竹墩村干部，协力又同心。
安置飘浮族，层楼庭院新。
荒山建苗圃，树木绿成荫。
生态休闲乐，四时暖如春。

张庙村

张村久慕名，至此不虚行。
道路铺填整，楼房曙色迎。
卫生标准化，省级夺冠名。
党重农村富，春风惠众民。

孙岭村

初夏话桑麻，采风农友家。
小楼青砚瓦，大院紫藤花。
精准讲扶贫，移民政绩佳。
文明村变貌，幸福乐无涯。

白马村

白马久闻名，山庄曙色新。
新居皆景画，国策合乡情。
文化休闲乐，乡村魅力宏。
华佗留绝唱，流水寄心声。

单岭村

单岭景如画，优游兴更赊。

学堂高耸立，广场笑语哗。
斯地皖风韵，传承古文化。
诗文载厚德，孝悌实堪夸。

◆烛影拾零◆

纪念毛泽东主席一百周年诞辰

拔剑屠龙绕建章，追求真理走穷荒。
井冈山上沥肝胆，遵义城头导远航。
武略雄才超汉武，文韬海岳赛秦皇。
挥师横扫三山倒，青史无私自确量。

电视剧《朱德元帅》观后

救国展才能，讨袁善斗争。
八一宣起义，跃马捣蒋营。
一代大元帅，襟怀磊落明。
丹心铸伟业，望重赞声频。

电视剧《海棠依旧》观后

中南海里西花厅，电视《海棠依旧》亲。
百废待兴勤国事，抗美援朝倍艰辛。
殚精竭虑民生计，友谊外交万里春。
廉洁无私甘奉献，千秋功德树贤名。

庆祝中国共产党成立九十五周年

风雨起航程，历时九五春。
长征二万五，步履倍艰辛。
铁马歼倭寇，金戈诛暴君。
三山俱推翻，民族庆翻身。
建设新中国，拔除落后根。
全民璨烁烁，事业日蒸蒸。
科技惊寰宇，军威扬国名。
神州风荡漾，改革顺民心。
大政方针定，与时俱创新。
富强华夏梦，指日必成真。
执政为民众，循规蹈矩行。
清廉惩腐败，祖国万年欣。

纪念长征胜利八十周年(二则)

(一)

红军士气比天高,险阻艰难脑后抛。
五岭夹金飞越过,金沙大渡起腾蛟。
雪山草地人烟少,民族结盟把友交。
推倒三山求解放,中华崛起看今朝。

(二)

长征伟绩立丰碑,古今中外名声蜚。
围追堵截成灰影,光头倭寇内心亏。
运筹帷幄党明路,民主共和胆量辉。
流逝驻光八十载,万民敬仰颂神威。

欺人太甚

悠悠近代史,罄竹泪写成。
堂堂地球村,弱国受欺凌。
八鬼闹中华,无视清朝廷。
割地又赔款,肆意任横行。
地广物产博,惹来贼东瀛。
全民齐抗战,外侮方受惩。
冷战半世纪,小丑阴谋萌。
南海诸岛礁,争议不安宁。
华夏祖宗海,岂能随意侵!
扬我军国威,民众要警醒。
自欺欺人者,玩火必自焚。
民安国富强,铸就新长城。

纪念抗战胜利七十周年

倭寇侵华几许年,神州土地起硝烟。
全民奋发撒天网,众志成城夷敌歼。
永固金瓯当自主,振兴华夏谱新篇。
经济腾飞同人乐,屹立东方自巍然。

哀别周总理

灵车缓缓送忠骸，十里长街夹道挨。
雪洒京都甩泪别，星沉大地举家哀。
毕生精力劳心瘁，国计民生常挂怀。
一生廉洁谁伟大？寰宇贤相周恩来。

怀念周总理

——观《海棠依旧》有感

中南海里西花厅，《海棠依旧》分外亲。
明星会演周总理，形神兼备感人心。
积贫积弱新中国，内政外交飞跃进。
废寝忘餐是常事，时刻想着党和民。
鞠躬尽瘁无私念，维护统帅威望信。
跳梁群丑昙花现，唯有总理恩来清。

父恩若澍润

涓涓洁液涧溪流，溢满河湖江漫游。
海浪滔滔滢潋滟，波涛滚滚润瀛洲。

缅怀家父

严亲谢世廿春秋,追忆生平泪暗流。
年幼为家受苦累,辛勤劳作盼丰收。
勤劳俭朴高风尚,谨慎谦虚邻里讴。
教导儿孙循善诱,义方是训美名留。

慈母逝世周年祭

服丧时日思娘亲,整夜萦怀泪满巾。
年少亡萱兄嫂管,老来失伴带曾孙。
含辛茹苦勤劳作,相夫教子意情深。
想会尊容梦里见,膝前再绕待来生。

岳母仙逝十五周年祭

绕膝儿孙事亲亲，疲惫身心友共仁。
老幼当尊堪典范，待人接物不忧贫。
人间险恶胸成竹，世事变迁志不伸。
思念尊颜难见面，除非梦里会亲人。

写于 2008 年仲春

悼唁高荣保同志

教鞭猛着卅余年,无怨无愁亦无愆。
两袖清风载史册,满腔热血育英贤。
春蚕到老丝方尽,蜡炬成灰月皎然。
桃李芬芳皆竞秀,先生功德荡云天。

(本诗刊于《九姑诗选》2005 年第 3 期)

怀念吴老先生(三则)

(一)

上下五千年,尊师重道贤。
幼从吴老师,学友喜相恋。
学业常推进,冷暖挂心间。
循循善诱导,悦色又和颜。

(二)

离家数十里,教学未偷闲。
到处浮夸时,忠心谏直言。
可怜老先生,清白被蒙冤。
懵懂不知事,心田如斡旋。

（三）

历史翻新页，先生可在编？
逝者如斯夫，天理若昭然。
车辙有行印，后生步履沿。
与时须俱进，改革创新天。

为孙学文《桑榆吟草》赋诗题序

政通人和，万象更新。盛世华年，百花争艳。诗歌之乡，又添奇葩。富春堂内，再现光华。《桑榆吟草》，横空面世，讴歌升平，警示后人。

孙君学文，执教四十三年，隐单班村小，未忘国计民生；担领导职责，勤勉教书育人；传道授业解惑，为国治家济民。德高望重，干群敬仰。老骥伏枥，志在千里，退归田园，壮心不已。修乡志，不遗余力；组诗社，废寝忘食。诗友唱酬，情真意切。讴歌盛世，博大精深。送子参军当表率，农合医疗做贡献。结发荆妻卧病十余寒暑，寻医问药，无微不至。训子孙，诚实守信；教儿媳，勤俭持家。呵护晚辈，循循善诱。替乡邻，排忧解难；为村组，出谋划策。虽年过古稀，犹宝刀不老。士农工商，争相往来。

孙君与我，可谓师徒。“文革”期间，侯王首倡[①]，小学下放，我俩接管。殚精竭虑，辛勤耕耘，不负众望。带我从教，领我立身，教我处世，指我明路，介绍我入党，与时并肩行。我虽愚拙，凡此种种，刻骨铭心，没齿难忘。先生可亲，平易近人，谦虚谨慎，度量宽宏。传承文明，堪称师表。

遵嘱作序，不胜惶恐，凑成八句，以示祝贺：

孙君毕竟一儒贤，学海泛舟勤苦研。
文贯古今桃李秀，赋诗篱下陶潜篇。
桑林晚景夕阳照，榆果满园众口传。
吟诵时光多美好，草堂赋就玉诗笺。

【注释】

①侯王首倡：语出侯、王二人首倡的“公办学校下放到大队办”的建议。

六十抒怀

人生苦短步无尘，回首不堪六十春。
恳恳勤勤忙教育，辛辛苦苦奔家庭。
未将儿女剑书就，遗憾终生难做人。
欣喜晚年逢盛世，退归田野事躬亲。

联　句

海域宽宏能堵千江洪水，
波涛澎湃可行万吨宝舟。

晨兴感怀

醒来户牖透晨光，枕伴诗刊读几行。
探索琼林耽雅韵，推开词库细端详。
退休复读童蒙学，意味深长觅晚香。
毕世擎鞭途未了，余晖指笔老痴狂。

夜读有感

孤灯伴影夜深沉,哪晓星稀斗转寅?
四季读书增智慧,三余剪句苦清吟。
挥毫泼墨扬新秀,放眼朝阳描锦春。
学海用功追少壮,以求补拙振精神。

读《风雨人生吟》有感

风雨人生奏乐章,珠玑玉字动心肠。
少时映雪挑灯读,晚景怡情咏颂忙。
越老越坚松柏节,能伸能屈邦家光。
平凡道路崎岖走,启迪后人当自强。

冬日偶成

冬日坐窗前，闲暇思瞬间。
斑驳夜暮霭，慵懒囊中怜。
稻谷仓仓满，棉花囤囤圆。
寒来暑又往，看看又一年。

初入学

虚龄七岁上学堂，背起书包小模样。
左右高低长见识，东西南北辨方向。
读书写字专心致，剜菜扒柴家务忙。
到校按时勤诵读，须知奋进当自强。

儿歌两首

咏　鸭

鸭，鸭，鸭，美誉传天下。
洗净尘与灰，水暖迎春霞。

小　蜜　蜂

嗡嗡嗡，小蜜蜂，
飞到西来飞到东。
帮农民，传花粉。
瓜果飘香大又红。

小朋友，学蜜蜂，

从小就要爱劳动。
勤动手，勤动脑，
长大要当大英雄。

思

德薄才疏滥竽数,师恩未偿自觉羞。
情怀家国清勤慎,漫步骚坛壮志酬。

学诗遣兴(二)

孤灯伴影夜深沉,不觉不知天渐明。
四季坚持勤诵读,三余用尽持之恒。
挥毫泼墨新风咏,剔透良知赤子心。
探索书山添智慧,常耕不辍苦清吟。

苦 读

读书养气解心虚，不学无知视若愚。
假日无暇为市隐，潜心攻读室藏书。

和　谐

冬瓜缠柿枝，瓜果两不欺。
漱石枕流日，随遇而安栖。

关注自然

回天有术众心齐，保护自然安社稷。
失调平衡乱砍伐，排烟肆意雾霾密。
人员拥堵隐成患，车辆成群要警惕。
和顺平安众志城，青山绿水天蓝碧。

俩代表

七届少代会，姐弟同出席。
总书记接见，天地暖胸怀。
发展德智体，追求真善美。
少小立壮志，探索外星球。

同学聚会有感

癸巳芒种节，朱燕翼、石宣明和我相约来到赛滨赵家，促膝长谈，难以忘怀，有感而发。

时令正仲夏，万物竞芳华。
昔日老同学，聚首人民家。
孝义应为先，看望赵妈妈。
老人精神旺，身板仍挺拔。
可羡赵夫人，旦夕忙棉花。
一亩油菜籽，收获一个榨[①]。
跨越时空限，即兴把话拉。
半个世纪前，气盛正风华。
振翅欲飞翔，急风暴雨挂。

造反“红卫兵”，结业回乡下。
劫后庆余生，立业又成家。
一步一脚印，稳扎又稳打。
行政为百姓，两袖灌清风。
收费计生难，力求不掺假。
教书育人者，传道释疑讶。
世事皆学问，学海总无涯。
往事不堪忆，特色有变化。
儿女奔事业，别让他牵挂。
鞭长莫及者，孙儿数理化。
午后阳光炽，有热发光华。
关爱下一代，兴旺更发达。
颂党爱百姓，也可写点啥。
不讲究格律，来点自由化。
随遇与时进，安定兴国家。
来日再聚首，共话日西斜。

【注释】

①榨：旧时土榨房使用土法榨油的器具。

古稀感怀(二则)

(一)

执教扬鞭四十寿,培桃育李倍艰辛。
讲台三尺传师道,粉笔一支点迷津。
入情入理开智慧,无忧无怨铸精英。
殚精竭虑心安泰,以校为家曙色新。

(二)

虚度年华七十寿,眼观三代满门庭。
勤浇细管宗仁义,训子课孙睦友邻。
无税诗书传后代,崇高道德振家声。
利名抛却云天外,赢得身清不染尘。

赠内兄

何须计较苦酸甜，四季耕耘后辈贤。
强体心宽堪自乐，超然物外学陶潜。

赞吴烊

吴头楚尾忆沧桑，拯救遗篇翰墨香。
民富家宽心向党，君挥妙笔著华章。

注：革命先烈吴佩剑之子吴烊同志，字拯民，饱受磨难，自立自强，勤奋好学，才华出众，事业有成，德高望重，被荣聘为某报农村特约评论员。

贺姐丈罗传宣七十寿辰

寒梅腊八更鲜妍,君逾古稀劲倍增。
眼亮心雄身健爽,神清气朗志忠诚。
克勤克俭兴家业,任劳任怨谋事成。
忠孝两全人羡仰,争夸姐丈有贤名。

注:罗传宣姐夫是腊月初八过生日。

两全其美——再贺姐夫诞辰

腊月寒梅报暖春,古稀岁月耳聪明。
忠心孝道难全顾,唯我传宣姐丈能。

致姨姐淑娥女士

先贤遗女不寻常，灵敏天资自立强。
心似蓝天红日艳，学如逆水泛舟忙。
少时未读书一卷，老媪讴歌诗兴狂。
吕蒙闻知三舍退，漫游吟苑美名扬。

祝贺《金色夕阳》付梓

华章面世诗词艳，玉字珠玑白雪篇。
句句激昂抒远志，声声反腐倡清廉。
歌联虎啸雄风劲，词赋龙吟晚节坚。
德艺双馨孚众望，念侬不敢步君前。

志者事成(二则)

——再贺吴淑娥《金色夕阳》付梓

(一)

烈士遗孤自立强,艰难困苦话沧桑。
老年大学圆好梦,心比天高意味香。

(二)

少小无缘书未读,古稀奋笔写文章。
吕蒙退让避三舍,志者事成诗海荡。

赠陈为群医师诗二首

（一）

昔日师生谊,今朝兄弟邦。
未能登榜首,胜似当官郎。
传道书香远,悬壶济世长。
望闻问切慎,歌赋诗词扬。

（二）

县社称新秀,骚坛做栋梁。
清平盛世日,争逐百舸忙。
励志全心气,人生竞技场。

贺汪月樵先生八十大寿(三则)

(一)

汪洋浩瀚寿增川,焕发容光自蔼然。
耕读传家八十载,念侬不敢步君前。

(二)

鸿儒翰墨出湖滨,誉满松滋陈出新。
卅载神交少会面,但愿家风总如春。

(三)

齿德俱增寿似川,泛舟吟海乐陶然。
弘扬国粹兴诗教,悔未程门立雪前。

赠罗浩嵌字楹联一副

罗织古今中外建筑术设计美家园，
浩聚东西南北正能量创造新世界。

庆贺凌氏宗亲联谊会在潜山[1]成立

莺歌燕舞喜相迎，省内宗亲聚皖城。
联谊连心谋福祉，齐家爱国乐升平。

【注释】

①潜山为古皖国。

◆附录一　棠棣联芳◆

蜡烛颂

——谨以此文献给从教四十余年的敬爱的大哥

题记：贺《棠棣联芳》付梓

凌铁忠

春风的选择是绿遍山野，
夏雨的选择是挥洒豪情，
而您的选择是奉献，
是传播知识与大爱！

您把无知带走，把知识留下；
您把黑暗带走，把光明留下；
您把冷漠带走，把挚爱留下。
千年的余晖摇曳那些花季，
飘落那些雨季。
一路风雨兼程，
一路坎坷不平。
您把青春交给岁月，
背负苍天，

一种感动从灵魂中升起，
荒原中的一棵幼苗或许不能如人期望长成参天大树，
它却能为振奋旷野忍受孤寂。

风很平凡，如果吹在夏天；
水很平凡，如果是沙漠的一泓清泉；
雨很平凡，如果飘落在冬日和春日之间……
您很平凡，但您甘愿。

您要追寻的不是缤纷的虹霓，而是遥远的晚霞，
像纳兰容若，放弃了一生的荣华富贵，
换取与知心人的畅谈；
像德兰修女，明知挽救不了所有的病人，
却义无反顾地播撒爱与阳光；
像费西玛，在战火中把平凡的关爱献给一只小金鱼。
而您拥有的除了暖暖的阳光，
还有信念中那美丽纷繁的夏日；
除了学生喊你时稚嫩的声音，
还有他们天真无邪的眼睛及笑容。

毕生追求，是您的信仰，
您没有大漠残阳那种辉煌的绽放，
时钟止步的地方，并非生命的终结，
沧桑写在脸上。
历史的厚重很难用一杆秤去评判，
所有的日子都用米升一升升量过，
看得出收获的日子一片片金黄。
三尺讲台，是您传播知识的平台；
一块黑板，是您耕种的沃土；
粉笔屑坠落成梨花般的诗意，
寄予了殷切的期望。

一颗沙子里看到一个世界，
一朵鲜花里看到一个天堂。
从容雅淡，
风格就像水样清澈。
您满怀赤诚，保持一颗单纯的心，
像蜡烛，但问耕耘，不问收获；
像铺路石，不求风光，但求默默无闻，
把有限的生命投到无限的教育中去。

如今，您已老了，

但是谁也无法忘却,您用信念导演的盛大演出,
谁也无法拒绝,您用生命掀起的此起彼伏。
这一辈子,您平静地用粉笔写着惊心动魄的故事,
用心播撒着爱与阳光,
您的青春穿过世界之门响彻千秋万代。

(作者凌铁忠系凌铁汉三弟,幼时曾随大哥跟班就读,师范毕业后执教至今)

痴心望月泪两行

凌铁义

天籁冰轮照耀着阴阳两方，
两世人隔山隔水彼此遥望。
那边父母是否还牵挂着你们的儿女？
这边泪儿遥祝父母在天安康。
冰轮将冷光洒在两个地方，
两处银辉来自同一个方向。
爸爸妈妈你们是否能听到儿的呼唤？
你们的教诲儿子永远牢记心上。
清冷银辉把寒意无限铺张，
爹妈你们是否需要纸钱和衣裳？
我在街头小店已经买妥，
让儿的孝心温暖你们的心房。
那弯明月挂在阴山之上，

心意的小船在浩瀚银河漂荡。
你们的灵魂已漂到了圣洁的天界，
地上望月的痴儿唯有热泪两行。

（作者凌铁义系凌铁汉之二弟）

楹联二副

凌铁忠

快意人生

七十寿诞幸福岁月云鹤气韵，
百二[①]人生快乐时光夫妇齐眉。

其乐融融

大哥铁汉筵前斟菊酿，
小妹弟兄堂上贺星辰。

【注释】

①百二：指一百二十岁。

赞大哥大嫂

凌铁忠

兄仁嫂淑像长辈,关心弟妹似春晖。
浓情手足心相印,和睦家庭皆口碑。

贺大哥七十寿诞(三则)

凌铁忠

(一)

人生七十古来稀,今日古稀不算奇。
名利无求添鹤寿,满门桃李拂云枝。

(二)

既是严师又是兄,言传身教授无穷。
古稀华诞无他献,美好祝愿在酒中。

(三)

教坛春秋启鸿猷,厚德贤心邻里讴。
转变征途仍研墨,痴情韵律耀神州。

赞大哥

凌铁忠

（一）

常忆求知岁月苦，推心置腹兄言语。
粗茶淡饭随缘过，自在逍遥红胜火。

（二）

在岗为国育英贤，退隐田园未得闲。
家谱主修传族内，温馨自在乐天年。

（三）

回眸岁月历沧桑，培李栽桃受表扬。
旷达胸怀心快乐，精神矍铄享安康。

凌老屋建祖堂，姚敏、送开、良全分别捐款五万、二万、一万，特此为三人点赞。

赞姚敏

凌铁忠

遥天创业邦家国，敏锐精明震四江。
精力充盈创大业，与时俱进亮八方。

赞送开

凌铁忠

送宝传经个个夸，开心创业在天涯[①]。
扶危济困传乡梓，乐助他人锦上花。

【注释】

①天涯：指新疆。

赞良全

凌铁忠

良机莫失顺时昌，全靠雄心自立强。
事业兴隆谋发展，蒸蒸日上创辉煌。

贺儿子姚全考取安庆师范学院

凌铁忠

清风摇曳透荷香，捷报传来喜气扬。
坐破寒窗磨炼苦，仕途业绩要辉煌。

“三星梦想课堂”公益行有感(二则)

凌铁忠

(2015 年 7 月 9 日,受学校委派,带 20 名学生赴湖北大学参加由三星集团赞助的“三星梦想课堂”公益活动,有感而发)

(一)

大巴电掣武昌城,载满安徽探梦人。
一路欢歌声脆亮,三星助我展才能。

(二)

梦想课堂心敞亮,书山探索解迷茫。
新知博弈传科技,追梦三星斗志昂。

贺儿子儿媳喜结良缘

凌铁忠

姚全莹洁缔良缘，恋爱结成并蒂莲。
海誓山盟相映美，相亲相敬乐绵绵。

喜添孙女

凌铁忠

晓启窗扉喜鹊叫，耳闻屋内女婴笑。
明珠入掌天庭满，丽质天姿生得俏。

怀念父母双亲(四则)

凌铁忠

(一)

清明今又踏青来,到处鲜花含泪开。
日夜喊爸痛疾首,时常思母自痴呆。
如泉教诲滋儿志,似日恩情长子才。
相册独成回忆录,常常瞻仰寄心哀。

(二)

昔随吾父做清明,父母今成被祭人。
似海恩情怀久远,仰天长叹泪沾襟。

（三）

人生失恃最痛苦，首推父母赴天府！
历尽艰辛育儿女，临终哪晓儿啼哭？

（四）

生离死别总伤情，酹酒磕头表寸心。
今日清明来祭奠，坟前又是柳条新。

忆慈母

凌铁忠

（一）

春雨淅沥大地叹，松柏垂泪鸟鸣哀。
厅堂遗像音容再，唤醒阿娘去又来。

（二）

娘眠福泽地，子未报春晖。
千里两相望，无时不泪涟。

（三）

去年今日天晕眩，慈母溘然赴九泉。
自此音容相隔绝，春晖未报泪涟涟。

（四）

冰雨凄风几许年，哀思慈母泪如泉！
今生奉养欠周到，但愿来生侍尊前。

致富奔小康

凌铁斌

改革新成就，华夏入世流。
忙奔现代化，稳步登高楼。

（作者凌铁斌系凌铁汉之四弟）

诗二首

吴淑娥

(一)

花甲退休却未闲，家风祖德效先贤。
乡村任教终无悔，粉笔松开入砚田。
鉴古观今唐宋赏，诗词格律助延年。
楼台近水神仙府，书屋优哉写大千。

(二)

凌驾东风上层楼，铁人万事不言愁。
汉书传唱三江水，笔底诗章第一流。

(作者吴淑娥系凌铁汉之姨姐，为革命烈士吴佩剑之女)

咏大妹何静宜

吴淑娥

大妹双双近古稀，同根同德乐齐眉。
相夫教子心如一，母爱谆谆细语时。

贺铁汉静宜双花甲

吴淑娥

铁骨金心深不露，潜心教学总无求。
芬芳桃李园丁乐，两袖清风话退休。
敬业帮家忙两头，爱憎分明国事忧。
仁贤慈爱存忠义，夫妇齐眉德业优。

赞堂兄铁汉

凌飞

从职园丁数十秋，低薪执教别无求。
培桃育李成梁栋，布雨耕耘壮志酬。
夜里翻书灯做伴，日间授课笔为俦。
清风两袖安寒素，吐尽蚕丝志未休。

（作者系凌铁汉之堂弟）

堂兄铁汉《人生感悟》读后感三则

凌和民

（一）

人生感悟无止境，先忧后乐慈爱心。
岁月无情兴自浓，厚德载福留清名。

（二）

感悟人生路，年长德更劭。
诗词如玉料，切磋变珍宝。
晚年勤动脑，康泰寿自高。

（三）

退休十载志未休，传承文明运自筹。
格律诗词勤修炼，汇成文集献神州。

（作者系凌铁汉之堂弟）

赞铁忠

凌和民

祖上行善积德有利，吾辈兄弟增至十一。
各自家境虽有差异，勤奋好学自强不息。
众人佩服要算老八，顾全大局族人全夸。
炽热心肠维护他人，发自肺腑一片真心。
通情达理无人不服，人情世故损家还顾。
刚直公正道理分明，教诲子孙公私两清。
吾虽敬佩奈无一长，以人为样后代必强。

注：吾辈兄弟十一人，铁忠排行老八。

◆附录二　儿孙习作选刊◆

我的父亲

凌姚玉

我的父亲20世纪40年代末出生于一个贫困家庭。再过一个多月,他将迎来自己的七十寿辰。在我四十多年的生命中,我从未认真地写过一篇关于父亲的文章,也从未大胆地向他说声“我爱你”。因为一直被父亲的伟岸、严厉、期盼所笼罩,也因为一直觉得父亲是一棵参天大树,是一座巍峨挺拔的山峰,是一本有七十年历史的大百科全书。随着时间的流逝,我越发觉得世间最美好的词语都难以表达我对父亲、母亲深沉的爱。

父亲的一生历经磨难,自强自立,勇于担当。父亲出生于兵荒马乱的年代,因为众所周知的原因,贫困一直梦魇般地笼罩着我的爷爷、奶奶、父亲、叔叔这个大家庭。我的爷爷奶奶生育过十个子女,但从我记事起,存活于世的是我的父亲、三个叔叔、一个姑姑,共五人。父亲一生勤奋好学,从读小学、初中、高中、宿松师范、五七大学,乃至四十多年的教书生涯,直至这几年退休,他一直秉承知识改变命运、勤能补拙的信念。我的爷爷是一个农村老共产党员,也是一位老基层干部,即使家徒四壁,他也是顾不上家的,所以早期整个大家庭基本上是由我坚韧的奶奶支撑。父亲也一度想放弃学业,早点为家庭分忧,在宿松中学就读期间,我的奶奶经常花上半天时间从故乡宿松县千岭乡雨福村凌老屋步行往返,给父亲送点菜、干粮,且不忘告诫父亲:困难是暂时的。每次父亲见到奶奶也是情难自已。参加工作后,父亲接过了家庭的重担,二叔读完小学熬了几年当了兵,三叔、四叔基本上小学、中学跟着父亲一起吃住,后来我也加入这个行列,毕竟四叔仅比我大三岁。

从 1970 年底到 1979 年,我和两个弟弟、一个妹妹先后降生。因为父母的勤劳,生活有了不小的改善,所以我的童年基本上是在无忧无虑中度过的,上树掏鸟窝、去河沟捉鱼虾、摘野果、偷挖红芋、拿牙膏皮兑弹子,偶尔吃上一两分钱一根的冰棍,均是那时男孩子的标配。我八岁时,因为二叔已复员参加工作几年,也要成家,父亲在爷爷奶奶的强烈建议下,和二叔一起各盖了三间半土砖半红砖的房子。第一次参与当时农村这样的大事,我感觉到了生活的不易,也隐约体会到父母的艰辛。

小时候我期盼家中有这种工程或者亲戚来访，是因为这样饭桌上就会有难得的肉、鱼等。有一次父亲请屋前的堂叔做两张床、几个柜子和木箱，在一个星期后完工的晚餐上，母亲从桌子中间已经蒸得黝黑的碗内夹了几块肉放在堂叔碗里，堂叔留下一块，其余的又夹给了父亲，在他俩谦让之际，母亲准备将余下的几块肉分给我们。我回应道："我只需要来点肉汤就行了。"两个弟弟也一起喊着倒点肉汤就够了。我的印象中，我家真正解决温饱应该是我上初中，也就是土地家庭承包责任制落实推广以后。在这之前，父亲每月二三十元的工资对于家庭来说是远远不够的。因受所谓家庭成分的影响，我的母亲自小也是颠沛流离，苦不堪言。在我读初中前，每次吃饭时，她似乎总有干不完的活，待我们快吃完时，她才来吃点残羹剩饭。1983 年 9 月初，父亲挑着满满一担米、一只木箱子，我背着书包，走了六里田间小路进入木梓中学读书。学校有很多老师曾经是父亲的同事，所以刚进校门就有许多老师热情地向他打招呼，我们还被几个校领导、老师拉住吃了中饭。他走时在教室外喊我，我走出教室，他抚摸着我的头，在众目睽睽之下，我很慌乱，甚至没听清他说了些什么，只点了几下头便匆匆跑进了教室。因为离家较远，我过起了紧张而充实的寄宿生活，从此我也过上了与父母聚少离多的生活。1986年我进入程集中学读高中就离家更远了，当父亲宣布每月给我30元生活费时，我欣喜若狂，也觉得不可思议。

父亲一生节俭勤劳，严于律己，诲人不倦。父母在40岁之前一直为我们兄妹四人甚至整个大家庭的温饱而操劳，所以节俭在父母的头脑中留下了深深的烙印。无论何种场合，父亲都反对铺张浪费、比排场。在饭店就餐毕，他总是率先打包。欣慰的是我的儿子、侄子、侄女等都继承了这一优良传统。父母一生为自己考虑得极少，印象中，父母从来没有给自己买过衣服。除了冬春寒季，遇下雨天，父亲基本上是赤脚走路。我小时候，县城的姨妈等亲戚会送些衣服给他们，近一二十年均是由我妹妹、弟媳、我老婆送给他们。父母一生操劳过度，积劳成疾，均患有腰椎间盘突出等疾病，深深浅浅的皱纹让人不忍心细看。我十二三岁家里第二次翻盖房屋时，打基础的长条石是由父亲拉着板车，经过很多天由一二十里外的凿山拉回来的，空车去时我基本坐着，重载而归，上坡时叔叔和我推，下坡时我继续坐。农村土地分到户以后，父亲的担子更重，因为母亲自幼体质欠佳，重体力活大部分由父亲承担。我至今最怕的是那"双抢"酷暑季节，每天清晨四点父母已起床，母亲在我耳边不喊一二十遍是唤不醒我的；我不愿意干的是割稻子和插秧，如果有大人在你旁边紧挨着一起干，那几个小时下来，一定是腰酸背痛、眼睛酸胀。相比之下，我很愿意挑稻子、挑土杂肥等，因为无论多重的担子，你均可以直立行走，而且折返时的一半路程和时间可以算是休息。有一次“双抢”季节，突降大雨，我和父亲同时挑最后一担稻子，我弓着腰走完一里多路到家扔下扁担后，躺在竹床上喘了十几分钟气，而挑我两倍重量的父亲还若无其事地继续忙别的活。

贫困的生活并没有击倒父亲，因为欲求甚少，淡泊名利，自 20 世纪 90 年代中后期，家庭生活渐渐好转。父母也一直知足常乐，将更多的爱倾注于子孙后代、弟妹及亲朋好友。父母继承了爷爷奶奶乐善好施的传统，如今我们也受此熏陶，在公益慈善方面，一直踊跃参与。至今父母的生活仍保持着一种近乎苛刻的节省状态，楼上楼下的杂物堆得满满的，啥也舍不得扔。每次回去看见他们冰箱内盘子不少，很多盘子里实际上所剩无几，甚至用过的一次性水杯也是用水冲冲又放回屋内。很多人不理解父母这种苦行僧式的生活方式，我曾经为朱自清先生的《背影》所震撼，现在也渐渐理解了父母的举动。

父亲一生从教四十多年，一直殚精竭虑，嗜书如命，颇具鲁迅先生之风骨。若非家庭物质条件所累，他在文学创作、书法等方面的造诣肯定会达到更高的层次。父亲一生淡泊明志，恪守职业道德，对学生视同弟妹、子女，因材施教，严格要求，既鼓励他们精益求精，又要求他们不做书呆子，学以致用。父亲自幼志存高远，书本一直伴随着他，即使现在他退休多年了，他最大的嗜好还是看书，家中楼上楼下的床上、沙发上、桌子上最多的还是书本。最重要的是父亲言传身教、以身作则、从善如流的精神。他对学生一视同仁，无论出身贫富、成绩优劣，从不厚此薄彼，对品学兼优、家庭贫困的学生尤其充满恻隐之心，所以他也赢得了学生们广泛的尊敬。每当在他乡异地遇见陌生老乡，只要听到我的姓氏，很多人就会眼神发亮地提及父亲的名字。教学之外，父亲对于乡邻也是有求必应，从我小时候起，对于代写对联、代写信，红白喜事写字记账，帮生产队算账，辅导学生等事从不推辞。父亲达到退休年龄后又被学校挽留了一段时间才正式退休。这几年每当我和父亲聊起这复杂浮躁的社会，尤其是教育界的各种矛盾、问题，他总是忧心忡忡。

父亲一生尊老爱幼，谦虚谨慎，正直善良，刚正不阿，不失浩然正气。很小的时候，他就要求我们养成自强自立、勤奋好学、文明守礼、勤俭节约等习惯。因为他本身就是一座不可逾越的丰碑，我们也一直在追赶的路上。我作为家中的长子，所受责骂很少，但有几件事还是记忆深刻。有一次，七八岁的我和父亲步行去县城，走到太子庙小学旁边的陡坡处，一个骑自行车的中年男子从我们旁边摇晃而过，我们眼看着他后座一个五六岁的男孩摔下来，男孩哇哇大哭，男子还在责骂他，周围的人哄然大笑，我也笑起来。父亲严厉地问我：很好笑吗？还有一次我和几个七八岁的伙伴在池塘边玩水，被父亲发现，他喊我回家罚跪两小时，所以我至今没有学会游泳。另有一次，我读初二时，父亲第一次给我买了一双崭新的长筒靴，因为教室与寝室在一排，仅隔二三十米，所以我也没穿几次，一直放在床底下。等到放暑假我收拾行李准备回家时，呆住了：靴子不见了。过了好久，还没走的几个要好的同学拿出2角、5角、1元，最多的一个同学跑回家拿了2元，然后一起陪着我去木梓供销社用凑起来的5元买下一双相似的靴子。回家的路上，我从袋子里拿出靴子沾了些泥水。父母可能有些觉察，再次开学时，他们开始每星期给我一些零用钱：1角、2角、5角，我用了近一年时间才还掉同学们的钱。

因为父亲信奉诚信朴实，至诚胜于至巧，所以家庭成员都能和睦相处，不会偏离轨道太久。也因为父亲的疾恶如仇，不善谄媚，有可能在某些时候开罪了极少数人，但我认为对与错还是留给时间去检验吧。父亲极尽孝道，我的奶奶生前的最后几年与我同住一屋，父亲只要在家，每天早晚必去看望奶奶。每次他如果买烟会买两条，给奶奶一条，自己留一条；买菜时也是先送奶奶一份，自己留下一份。

这就是我平凡而伟大的父亲，一个良师益友，一个生活与道德上的楷模。七年前，奶奶在故乡守望着我们，现在，父母在为我们守望着故乡，他们深沉的目光激励着我们前行，让我们永远感觉不到孤单。父母也如一座灯塔，给我们以方向和希望。世间真正恒久远者，乃是父母博大的爱。值此父亲七十寿诞之际，致以诗云：

家父七十古来稀，阅尽沧桑伤别离。
笔墨纸砚归何处，子孙后代尚可期。

2016 年 10 月 25 日

（作者系凌铁汉长子）

我在北京的生活

——北漂的生活，温暖的家

王珍珠

听说北京好赚钱，有做教师的公公和勤劳的婆婆帮我们照看正在上初中的儿子，我们就放心地来到北京，也做起北漂一族。

其实，我以前也来过北京，但都是作为匆匆过客，是那种走马观花的心态。这时候我想的是在这儿扎根，做一番事业，心态就不一样了。走出火车站一看，灰蒙蒙的天、拥挤不堪的马路、脏乎乎的灰尘黄土，但是，这么糟糕的生存环境，在一个农村土鳖青年眼里看来，就是传说中的滚滚红尘，仍觉得非常美好！

小叔子姚敏把我们安顿好后，第二天我就上班了，在北京最大的窗帘市场里的众望·艾可布艺商行做起了销售工作，这也是我第一次接触布艺这一行。由于小叔子是这个市场的老板，无论是上司还是同事对我都格外客气，让我有种被宠的感觉。几天下来，觉得这样下去不能使自己成长，和公公婆婆通话时，公公一而再，再而三地叮嘱我不要离开该公司，还告诉我“一不会被欺负，二风吹不着雨淋不着”等好处。我坚持了两个月后还是毅然辞职，做起了跑市场的业务员。

好不容易见到滚滚红尘，却又步入凡尘，于是就天天跑市场、写报告、写总结……你可知当年的北京总是灰蒙蒙的天，难得有蓝天白云。每天晚上回来，鼻孔里全是泥土，脚也是疼得不行。这个过程非常辛苦。公公时常会打电话关心我们，那段时间北京多雨，公公来电时有时我正在雨中等着公交，有时下午三点我正在路边摊吃着面条，有时跳广场舞的大姐阿姨都快散了，我还在五环外的顾客家里聊着色系、谈着价格……所以公公叫我放弃，并叫我发个信息告诉姚敏要去他的公司做保洁……大家可能不知道我当时听到这话是什么感受吧！无语了。公公后来跟我说：你一定要发这样一条信息给姚敏，别傻，他不会让你做保洁的，放心！原来他老人家是用心良苦，对我仿佛生身父亲那般关爱，让我很感动。

我是有主见的、不怕吃苦的人，我选择了坚持。慢慢地，我对布艺这方面有了抽象的认识，跟顾客沟通也有了一个新的转变！可是儿子马上就要中考，我不得不回去陪他。回到家我要求他每天必须记住 50 个单词，消化当天学的东西，上午下午我去学校向老师了解他上课有没有认真听……儿子嫌我管得太严，在同学那说“我怕不是我妈亲生的”，对我说话语气也没那么好。一天正被他爷爷撞着。他爷爷抚摸着他的头，语气很温和地给他讲《涤亲溺器》《亲尝汤药》的故事，儿子听后低下了头。那眼神我懂。儿子就这样很顺利地步入高中生活。

在儿子高中三年里，我们频繁地辗转于京皖之间，给中国铁路贡献了不少银子。我也在碎片时间里阅读一些布艺软包装方面的书籍，没事就上网查找、了解各国民族文化、人情风俗和习惯。尤其是装修风格，什么叫中式古典风格，什么叫现代中式风格，还有什么泰式风格、欧美风格等，还去过不同的商场实践。

在从事布艺销售期间，也许是业务水平不够精湛，也许是确实还要加强修炼，所以经常被抢单，很愤怒，更多的是羞愧！反复几次下来，自己也有了危机感，晚上躺上床在心里告诫自己：明天必须让她们靠边站！就这样她们让我三分转而又敬我三分！就是，从小在三个哥哥那里我就是称王称霸的，今天被你们这些丫头片子欺负还了得！说到这里，我还要感谢我的父亲，虽然我年幼丧母，但他给了我健全的灵魂，培养了我不卑不亢的性格。庆幸我们池州有个“女孩富养”的好风气。经过一番修炼，慢慢地我也交了一些志同道合的朋友，替姚晨、范冰冰、黄磊等演艺界的明星搭配过窗帘，他们的笑容给了我自信，让我找到了一份成就感。我也清楚地记得那次血的教训，后来我铭记：就算咱俩关系再好，也得先交订金再下料，先打余款再发货。顾客进店时，我总想瞧他们的车钥匙，是大奔不？是保时捷不？他们的包包是 LV 不？……一次公公来北京看我们，我乐呵呵地对他说起这些，公公拍拍我的肩膀说：“小王，能不这样不？要尽量让顾客买到物美价廉的窗帘，就当是行善积德好不？”当时听了我没吱声，但在心里嘀咕：顾客骗我的钱谁来替我埋单？

公公来北京没住几天就回老家了，一天我休息时想念家里的儿子，想他可爱的样子，想他小时候模仿古代人读书的样子：“勿以善小而不为，勿以恶小而为之。”想到这里，公公的话萦绕在耳边，我想我怎么能带着报复的心理去和顾客做买卖呢？第二天上班我以崭新的面貌来为顾客服务，后来，我帮刚成家的小两口挑选过性价比高的窗帘，为中产阶级搭配过可心的窗帘配饰，还送一些老人靠枕、抱枕……当顾客再来找我，介绍邻居和好友来时，我由衷地感谢公公的一番话！我承诺：我会爱所有人，更不会伤害任何人！

再一眨眼，儿子就是大学生了，我可以全身心地学好我的软装设计了。于是我选择在一家软装公司上班，每天上班路上往返需要两三个小时，白天见客户，晚上做方案、做 PPT，刚开始真叫赶鸭子上架——难！没办法，想生存就得学！一年下来，我觉得，只要是我的顾客，我都能让他(她)成为我的朋友！可是，问题来了，因为上班赶时间，没空做饭，老公的胃坏了，看着这大包小包的药，我决定就近上班，钱少挣没事，家人的健康才是我的事业！目前我们从简易的单间搬进两居室，日子过得虽然没别人那样轰轰烈烈，但也其乐融融。儿子温文尔雅，对我们恭恭敬敬，自己的脏衣服总是自己洗，偶尔几次没及时洗掉，我替他洗了，他是一边抱怨一边感激；我叫他用奖学金替自己买件好衣服，他也不舍得。儿子告诉我：爷爷教书四十多年，功成名就，在厨房洗碗时还总是借着餐厅灯的余光。此刻我由衷感谢公公的言传身教给儿子带来的人生影响。

最温馨的时光莫过于一家人在一起。吃饭时，老公总替我们母子俩夹菜，儿子看见他老爸不怎么吃，就语气很轻柔地说：“爸，现在不是爷爷那个时代了，没的吃、不够吃，爷爷把好吃的都让我们和奶奶吃……”老公听了，心里像灌了蜜似的甜，我也乐上眉梢。这年春节没陪父母几天就开车返京，进京安检时，工作人员仔细检查我们堆得满满的后备厢问：“这、这、这……是什么？”

我羞愧地解释说:"孩子在北京上学,这全是孩子的爷爷奶奶给孩子准备的好吃的!"其实哪里哟,都是爸爸妈妈为我们大家准备的!

还记得在我们小学课本里有《吃水不忘挖井人》这篇文章,讲的是饮水思源,是的,来北京入这行幸亏小叔子引路,也多亏公公婆婆远在家乡却无时不在的关爱。父母不求我们儿女做多大贡献,好好生活、天天向上就是最大的孝顺。

(作者系凌铁汉长媳)

一台复读机

凌晟

天，那么高，那么蓝，没有一丝风。小鸟在雪松里欢快地叫着。新学期的第一天，我心情沉重地来到老师办公室，双手将一台崭新的复读机捧到孙老师的面前：“老……老师，您的复读机是我偷的，现在还给您……”我如释重负，低垂着头站在老师面前，豆大的汗珠纷纷落下。“他会狠狠地打我几耳光，不！或许只是将我臭骂一顿……”老师站起身，我吓得倒退两步。他拍了拍我的肩膀：“OK，你是好样的！”谁料想，一场暴风骤雨就这样雨过天晴，我怀着忐忑不安的心情，回到教室，一幕幕往事历历在目……

我很小就失去了爸爸，体弱多病的妈妈种几亩薄田就是家里的主要经济来源。一个星期天，读初一的哥哥狠了狠心结巴着问妈妈要一台复读机，看着哥哥无助的眼神,看着妈妈脸上露出的一丝无奈的笑,我心里像打翻了五味瓶。

去年腊月的那天,北风呼呼地刮着,雪花纷纷地下着。中午放学后,同学们都回家去了,老师也到食堂吃饭去了,我送作业本到办公室。突然,我的眼前一亮,心怦怦直跳,班主任孙老师桌上放着一台复读机。我顾不了多想,顺手牵羊将复读机塞进了棉袄里,蹑手蹑脚走出了办公室。

那天下午的课,我坐立不安,老师好像总是在看着我,讲解课文稍稍大声一点,便吓得我胆战心惊。“别怕,别怕,老师怎么会知道呢?”我暗暗宽慰自己。星期六,我用“放学路上捡了一台复读机”的谎言骗了善良、贫困无助的妈妈,骗了幼稚而急需学英语的哥哥,我把自己关在房里任由屈辱的泪水哗哗流淌。“我该怎么办?我怎么能这样做呢?我怎么能这样做呢?我这样做对得起慈爱的老师吗?”夜晚,躺在床上,我辗转反侧,一夜无眠,我暗下决心:“就这么做!”

寒假里,我每天挑着箢子到处捡酒瓶、塑料瓶、硬纸壳。我的脸变黑了,手变粗糙了,我的腰包也渐渐鼓起来了。开学第一天,我迫不及待地买了一台崭新的复读机……

我正在沉思,一双温暖的手轻轻地抚摸着我的头。

一个漂亮的笔记本和一台复读机放在了我的桌上。笔记本的扉页上这样写着："孩子，生活总有不尽如人意的时候，这台复读机就当作老师给你诚实的奖励吧。"

【评语】：没有华丽的辞藻，没有豪言壮语，小作者用虚构的故事情节，第一人称的手法，使一位敢爱、敢做、勤劳、诚实、知错就改的好学生跃然纸上。文章以"一台复读机"为线索贯串全文，"我"为了哥哥学好英语，家里无钱买而偷老师的复读机，后来发现错了，痛悔之余靠勤劳的双手买了一台新复读机归还老师，老师又以复读机为奖品赠与"我"。文章脉络清楚，字里行间洋溢着童真童趣，洋溢着母子情、兄弟情、师生情。（指导老师：凌铁忠）

（作者系凌铁汉长孙〈凌姚玉之子〉，该文为凌晟小学习作，在参加小学生征文比赛中，获乡一等奖、县二等奖。）

十年后的我

马凌静雯

十年后的我会是什么样的呢？我的职业是什么呢？我总是幻想这些问题。突然,眼前一道奇异的光让我穿越到了十年后。

十年后的我已经是个成熟稳重、聪明漂亮的大姑娘了。这时的我在一个豪华宾馆的房间中。我往窗外一看:眼下这座繁华的城市竟是巴西圣保罗。难道我……我美梦成真了？我找遍了所有的证件,无意之间看到一张记者证。我便兴奋地欢蹦乱跳。原来我经常奔波于西班牙和巴西这两个地方来做采访,而且我还会说这两个国家的语言。

今天我该干些什么呢？我查了一下手机。天哪,我的偶像(内马尔·达·席尔瓦·儒尼奥尔)马上就要退出巴西国家男子足球队了,二十个小时后将在西班牙踢最后一场比赛，而今天领导派给我的任务正是去看这场比赛，并去采访内马尔。听到这个消息，我便马上买飞机票前往西班牙。二十个小时后，比赛开始了，我坐在台下观看了整场比赛。这场比赛是俱乐部之间的比赛：巴塞罗那和皇家马德里的第 260 次交手。这时的巴塞罗那已没有了梅西，全场的目光落在球王内马尔的身上。两个小时之后，比赛结束了，凭着内马尔一个精彩的进球，巴塞罗那赢得了这场比赛。而我如愿以偿地采访了内马尔。晚上，我写好了关于这次采访的稿子，寄给了××社。第二天，我便在中国的报纸上看到了我写的那篇稿子。

虽然这只是我的一个幻想，但我相信，只要我朝着这个梦想不断努力地去做，总有一天，它会成为现实的。

（作者系凌铁汉孙女，即三子凌姚敏长女。本文为作者就读北京第一实验小学六年级时的优秀习作。）

冷风里的暖流

凌承

今天,我们要去春游。我是刚转来的学生,游柯岩还是第一次,特兴奋。

乘着巴士,我们很快来到了风景区。走进景区大门,跨过小桥流水,信步来到大佛前。长长的石板路,好似人间仙境。

来到迷宫处,同学们纷纷闯入其中。我也加入了通关之中。耶!一次通过。我心里正高兴,忽然,也不知道谁从我身后跑过,碰到了我。我一个趔趄,重心不稳,双手在空中乱舞,还是挽救不了落水的险境,“扑通”一声,双脚跳进了溪水中。水疯狂地钻进裤管,钻进了鞋子里。一股凉意向我袭来。糟了,要被老师批了,我的心忐忑不安。老师知道后,拉起我的手向小卖部奔去,路上还一个劲地问我:“凌承,你冷不?”我虽然有点冷,但嘴上还是说不冷。我觉得我这个人太麻烦了，第一次跟大家出游，就出状况。

来到小卖部，老师向老板好说歹说，终于借到了吹风机。老师让我坐下，自己蹲下身，拿着吹风机的手在我的两只裤管周围飞舞，一股股暖流温暖了我的双脚，温暖了我的全身。五分钟、十分钟、十五分钟……半个小时过去了，裤管和鞋子渐渐干了，老师还坚持吹。我看着她两鬓的白发和脸上的皱纹，心里感到特别难受。当她直起身来，因腿脚发麻站立不稳时，我的眼睛湿润了。

冷风里的暖流，吹干了潮湿的裤子，温暖了稚嫩的心灵。我又融入了春游之中，感觉春意特浓。

（指导老师：虞国囡 中国轻纺城小学）

（本文刊发于2016年4月18日《柯桥日报·学生习作》，作者系凌铁汉之孙，即三子凌姚敏之子）

感恩父母

凌丝亮

我的爸爸妈妈都是共和国同龄人，爸爸是一名教师，也是一名优秀的共产党员。爸爸教书四十年，刚开始在中学教书，后来为了照顾我和哥哥们，主动要求调到离家近的小学。整个小学我都是跟随爸爸一起上学，放学后都是爸爸帮我背书包。我有三个哥哥，爸爸对我们从小就比较严厉，严厉也是一种爱，只不过深沉，不易察觉罢了。爸爸勤劳、朴实、节俭，经常看到爸爸写“自己动手，丰衣足食”之类的对联。

时间如流水一般匆匆而逝，很多记忆随着日子的消失而褪色，但是有一种爱，深沉而又默默无闻；有一句话，简单却又意味深长。我记忆最深的是 1997 年香港回归那年，我第一次去温州打工，当时没手机，只能写信。第一次收到爸爸给我写的信，心情特别激动，打开看到第一句话就是“思亮吾儿,近来可好”，当时眼泪就流出来,我真正感受到了那份沉甸甸的父爱。如今的父亲双鬓的白发多了,背也驼了不少,步伐更慢了,但父亲是我人生中的常青树,他挺拔伟岸,在我心中永远不老。

慈母严父,母爱如水,妈妈您的爱是温暖无私、淳朴细腻的,当我心情不好的时候,总是您开导我,为我解愁,教我怎样做人。在漫长的人生道路上,你们像一盏永不熄灭的灯,为我照亮人生的道路;你们像人生导师,为我指点迷津。我从小就看见妈妈最乐于助人,在自己的能力范围内,经常帮助左邻右舍。父母让我们学会坚强,记住宽容,懂得自制,也使我们懂得如何去感恩生命、感恩生活,如何用爱心去善待每一个人和每一件事。

父母之爱,深如大海,感谢你们一直是我人生旅途中停泊的港湾。俗话说得好,“父恩比山高,母恩比海深”,你们都是我今生最大的恩人,是值得永远去爱的人。

思亮

2016 年 12 月 9 日

（作者又名凌思亮,系凌铁汉之女）

乡　愁

凌姚勇

乡愁是什么？乡愁中间隔着一座秦岭和一条淮河，我在这头，故乡在那头。

记忆中儿时的家乡是一片满眼绿色却贫瘠的土地。爷爷奶奶的家就在一棵百年古树之下，在儿女未成家之前，一大家子人都挤在这处老宅子里，其乐融融。我的父亲排行老二，和大伯、大叔、小叔、姑姑就在这处老宅长大，成家后就慢慢搬离出去，有了自己的小家。我是出生在这个大家庭中的一个男丁。

爷爷奶奶宅心仁厚，一生乐善好施，颇得村人的敬重。在那个物质匮乏的年代，养育几个孩子长大确实太不容易。我出生不久，在爷爷奶奶、大伯一家及众亲友的帮助下，父亲也分家出来，紧邻大伯家盖了新房子。父亲退伍复员后到了一家国有单位上班，母亲在家附近开辟了块桃园，种植了西红柿、西瓜，做起了游商补贴家用。儿时的夏夜，一把蒲扇，几张凉床，一家人晚饭后就在门前纳凉聊天。我喜欢躺在凉床上仰望夜空中的满天星斗，最喜欢的还是听哥哥们讲金庸的武侠故事。

奶奶在我心目中是个平凡而伟大的女性，一生养育孩子不少，在贫穷和饥荒的年代，有的孩子过早夭折，成为爷爷奶奶心中永远的痛。但他们生性乐观，给儿孙呈现的都是阳光的一面，并尽自己最大的能力让孩子成才。记得我小时候调皮，有次去厨房喝水，不小心打碎了碗橱里所有的碗，我吓傻了，老人家却只是安静地摸我的头安抚我，叫我不要害怕，说家里反正也要换碗。从小到大，她对我没有一句责骂，永远都是鼓励。老人家希望每一个儿孙都过得好，如果听到哪个条件差点或有困难，她就会用自己有限的能力去帮助儿孙排忧解难。1998 年，因长江洪水泛滥，我要转学回乡读书，因为转学手续不好办，奶奶就拖着不太方便的腿，步行很远去学校找远房表哥为我办理借读。放学后奶奶变着法子给我做好吃的菜，我生病了奶奶半夜带我去医院，即使家里米不够也先让我背着米去学校换饭票。奶奶尽她所能给了我最好的生活。奶奶能记得家族每一个人的生日，每到家里有人过生日都会拿出自己留好的土鸡蛋，有时还会有意外的小礼物和惊喜给大家。奶奶也乐于帮衬乡里乡亲，因此人缘很好，每到过年的时候有不少同村人都喜欢到奶奶这里坐坐，陪奶奶聊聊天。

人生总是充满意外。因为一次意外，奶奶在家门口摔伤了，我本来想着回去看看老人家，却因工作忙未能成行，计划五一回去看她，但奶奶却在五一前的清明时节就走了。这个消息犹如晴天霹雳，闻讯后我痛哭了一晚，后悔自己的不坚决，没来得及抚摸一下奶奶的伤痛，没跟奶奶说上最后一句话，竟成永别，我心中的痛至今也未能平复。奶奶生前，每次叫她来北京玩，她都说等我成家之后，如今我已成家生子，奶奶却已离我们而去。“树欲静而风不止，子欲养而亲不待”，因此我也明白了尽孝应及时。望来世，我们还是一家人。等我的孩子长大，我会和他说他太爷爷和太婆婆的故事，努力让他做一个踏实上进的孩子。也希望奶奶在天国过得好，因为那里有爷爷，她不会孤单。

都说长兄如父，大伯作为家中老大，同时扮演着长兄和父亲的角色，以身作则担起家庭所有的重任。在那个贫穷的年代、闭塞的农村，为了子女，为了这个大家庭，大伯放弃了很多更好的选择，从城市到农村，从中学到小学，离家越来越近，只为多分担家中重担。上课时他是传道授业解惑的领路人，下课时是家里的顶梁柱，在田间地头挥洒着一个男人的汗水。

大伯是他那个年龄段村里最有学问的人，被称为“先生”，很受大家尊重，村里不少孩子出生时家长都会找大伯取名，每逢春节或遇到红白喜事也都找他写几副对联。邻里有纠纷或者遇到啥沟沟坎坎的，也会找他商量，大伯总是有求必应，在村子里威望很高。因为与大伯家离得近，我平日也时不时去大伯家蹭吃蹭喝，大伯家里做了好吃的也时不时会送份给我们。饭桌上大伯常说的一句话是“一粥一饭，来之不易”，这句话深深影响着我们这些后辈，小侄子暑假回家都会不自觉地把掉在桌上的饭粒捡起来吃掉。大伯唤醒的正是老师从小教我们诵读的古诗词“锄禾日当午，汗滴禾下土。谁知盘中餐，粒粒皆辛苦”中的意识。

大伯大叔都在教书，我高考填志愿时，大伯希望我延续大家庭的教育事业，报考师范院校，我综合考虑后没有采纳。大伯或许有些失望，其实不是我不想，而是教师在我心目中的形象一直高大而神圣，我觉得自己无论从学识和德行来讲都远远不够，不能误人子弟。教师是太阳底下最光辉的职业，大伯他老人家的为人处世对我来说更是望尘莫及。

大妈一辈子任劳任怨，但生性乐观，无论在过去生活拮据，还是现在宽裕的时候，一直都是乐善好施，身边有人遇到困难，都会尽自己最大的能力去帮助。记得母亲不止一次说过，自己和大妈比起来差得太远。一个家庭女主人的习惯、性格、脾气秉性，往往能够决定这个家庭的家风。我们家像千千万万的农村家庭一样，有自己的困惑和局限，但爷爷奶奶带给我们更多的是些看不见的东西，影响和改变着我们一代一代的人。记得小时候大伯家里门上的励志标语写着：自力更生，艰苦奋斗；新时代我们要做的是，自力更生，快乐奋斗！

1989 年，家中有些变故，母亲做出了去华阳河承包土地的决定。放下所有，离开故土，去一个陌生地方，全然不知未来如何。我很佩服母亲，一个没上过几天学堂的女人，为了家庭经济有所改观，为了孩子有个好的未来，敢想敢做。大家虽有些担心，但还是给了我们最大的支持。记得那是一个漆黑的夜晚，一大家子人，拖着几个大板车，拉上一堆桌椅板凳、粮米衣物，几乎所有家什，送我们踏上了去异乡的路。在路过向阳的时候，爷爷一脚踩在了臭水沟里，衣服湿透了，劝他回去他也不回去，还继续赶路送我们到了大姐略显破旧的家。

父母承包了几十亩棉田后，无暇顾及我们，也因为户籍问题暂时未解决，五岁多的时候我又返乡去大叔执教的柏树小学上学。每逢周一清晨，大叔的自行车前面三脚架上载着小堂弟，后架上驮着我，骑行到距家十几里地的学校，周末再回家，如此反复。平时我和堂弟就随大叔大婶一起吃住在学校里。我很受大叔大婶照顾，周围不明真相的还以为他们家有两个孩子。离开父母的日子里，第一次看的露天电影是港版的《只要你过得比我好》，因为想家的缘故，我看着看着就流泪。那段时光是孤独又快乐的，父母虽不在身边，但依然有人关心和照顾我。

大叔是个很有定力的人。听家里人说，大伯在万元中学教书时也带着大叔并时时鞭策他，即使周边再喧闹，大叔也能认真学习；全校都在看电影，他却一个人躲在蚊帐里看书。功夫不负有心人，大叔以优异的中考成绩考取了宿松师范。其实大叔本可以有更好的选择，但贫寒的家庭让他选择早日毕业参加工作；又或是为了向大伯致敬，因为大伯也是师范毕业，为了早日帮爷爷奶奶分担家庭重担；同时也出于对教师职业的热爱而放弃了报考飞行员和从事其他职业的机会。也许每个人成长的路上都有榜样，大伯大叔就是我们这辈人的榜样。

后来我转学到华阳河三场小学读书，语言、生活、习惯一度不适应，虽然随大叔在老家养成的一些好习惯让我在期末考试中名列前茅，但难免还有些自卑。直到有次语文课上，老师说凌垚臻是我们班最有学问的名字，并问我父母是不是读了很多书，我自豪地说“这是大伯取的，是希望我成为一个追求卓越、上进的人”，全班第一次为我鼓掌。信心是个神奇的东西，从此大家开始接受我这个普通话都说不好的异乡人，我也开始变得爱说话了，学习进步很大，每年都能领回奖状，并作为学生代表在学校发过言，参加过演讲比赛，代表学校踢过校际足球比赛。有人说，有人的地方就有江湖，身在他乡时总会受到排挤，从小就经历了坎坷与风雨，我收获更多的是成长和历练！

家里承包棉田过多，人手总是不够，为了省点工钱，母亲付出了超常的劳动强度，老家也时不时有人过来帮忙，让我们挺过了最难的时光，也记住了这是一个有爱的大家庭，让我们在异乡多了一份勇气和坚持。熬过了最难的时光，最终在他乡立足，生活开始变得越来越好。至今很感谢他乡的那段时光，我见证了大家庭的团结，以及长辈对晚辈、兄长对弟弟妹妹的教诲和帮扶，这是一种传承，让我们记住踏实做事，本分做人。时至今日，我虽无大成就，但做事做人无愧我心。

父辈的德行，在哥哥们身上也得以传承。我大学毕业时，一心想和同学一起去长三角闯闯，买好火车票出行之前，意外接到小哥垚敏的电话，将近两小时的语音连线让我改变行程踏上了北漂之路。其实一直觉得北京遥不可及，让我打消所有疑虑，坚定地北上闯荡只因小哥那一句“没事，我在”，看似简单的几个字，凝聚了太多的自信和作为兄长的责任与担当。小哥少小离家闯荡，辗转温州再到北京创立了自己的一番事业，他的工作和生活经历给了后行者极大的鼓励，他也给我们诸多支持和帮助。“不幸的人各有各的不同，而幸福的人大致相似。”这句话来自我至今保留着的上大学时二哥给我写的一封长信，他鼓励我坚持自己的理想，不要随波逐流。后来出来工作，又有机会和几位兄长待在一个地方，他们都给予了我很多关照。

后来，小叔、姑姑也选择和我们一样北漂，他们说暂时离开家乡，是为了以后可以更好地归来。那个时候我们都急着远离那个落后的小乡村，却从来不知道到底有多爱她；真正离开后，才知道内心深处有多爱她。梦里千分惆怅，醒来十分清醒，暂时回不去的是故乡。

寻梦故里，难忘乡愁。乡愁是一张春节通往家乡老宅的车票，不再隔山望水，高铁已然疾速可达，只是我和父母在北京南站这头，大伯一家人时时守望在明月千里的故乡那头。

垚臻

2016 年 11 月 1 日

（作者又名凌垚臻，系凌铁汉二弟凌铁义之子）

赞大伯、伯母

凌姚全　徐莹洁

大伯桃李遍天下，伯母淑贤传佳话。
相敬如宾肝胆照，同甘共苦美图画。

（作者系三弟凌铁忠之儿子儿媳）

◆附录三　师友题贺◆

祝凌铁汉先生六九华诞

——赋七律叠前韵九首以贺之

孙学文

（一）

本性修来达仕身，流光溢彩耀星辰。
有为岁月方称寿，不冷情怀总是春。
在职勤劳超少壮，高年矢志倍精神。
天真烂漫自增寿，嘉誉清明励后人。

（二）

仁途熔炉铸此身，襟怀坦荡喜逢辰。
裁云布雨曈曈日，育李培桃灿灿春。
舌作砚田心应手，文通学海笔传神。
酸甜际遇云霄外，撤帐高瞻豁达人。

（三）

依旧苍葱玉洁身，寒风冷热历华辰。
高歌一曲诗来贺，福寿三多句祝春。
舵正航行当益壮，家和万事妙安神。
兰馨桂馥源流远，泽被世间贤达人。

（四）

遒劲青松不老身，筹添海屋庆良辰。
枥中老马蹄犹健，挺秀儿孙胸驻春。
见义勇为堪典范，扶危济困爽精神。
乡贤门第金光灿，崇善好行乐助人。

（五）

盛世欢歌得强身，慕君隆福在兹辰。
忠心励炼鲲鹏志，播火传火暖似春。
灿烂人生飞雅韵，光辉业绩仰丰神。
桑榆晚景天伦乐，再作黄牛沥乳人。

（六）

先生华诞贺良辰，鹤算应添百岁身。
福寿双全堪笑乐，训章咏诵喜逢春。
炎凉宠辱皆无念，富贵盈虚未注神。
历尽艰辛多贡献，休闲长做自由人。

（七）

污尘浊淖未沾身，本是天恩赐寿辰。
高举旌旗冲浊浪，扬清扶正颂阳春。
讽评邪恶勤耕笔，谠论锋芒震鬼神。
诗教弘扬明远志，胸怀梓里一诗人。

（八）

高寿犹同少壮身，填词作赋度芳辰。
砚中泼墨掀金浪，笔下生花描锦春。
雅韵清新扬国粹，醉花吟月老来神。
欣逢盛世跨诗海，祝尔骚坛越古人。

（九）

转眼已成老朽身，我生有幸贺生辰。
同门同志同闾里，互教互帮互写春。
盛世欣逢耕艺苑，馀年共赋返童神。
先生华诞无他祝，谨献俚歌步哲人。

2016 年 8 月 1 日

贺凌铁汉老师七十大寿(嵌名联)

司国送

铁骨钢筋,老当益壮南山寿;
汉霄斗牛,浩气凛然凌云光。

祝凌君铁汉先生六九寿辰

司火保

酒绿灯红映日辉，寿星高坐笑颜开。
满堂福寿王维画，四壁诗词杜甫裁。
亲属双双来庆贺，儿孙对对尽英才。
今朝共赴古稀宴，预祝杖朝再举杯。

丁酉仲秋月

贺凌铁汉先生六九华诞

刘林香

六九年华岂等闲，风霜历尽化甘甜。
腾芳兰桂皆英俊，福寿双全享万年。

丙申年孟冬月

贺堂侄哥六九大寿

梅开

六九寿辰岂等闲，几多辛苦化甘甜。
昔日寒窗苦攻读，而今桃李杏满园。
子孝妻贤人丁旺，衣丰食足乐晚年。
南山不老年年茂，福海无边岁岁坚。
师表才情堪敬仰，古稀不愧焕容颜。

2017 年 3 月

贺族弟铁汉六九寿诞

凌鸿安

儒台退却养精神,花甲轮回又八春。
日步园林消岁月,夜观电视看新闻。
持家创业宗仁义,睦族和邻不厌贫。
年近古稀身爽健,期颐百岁享遐龄。

贺铁汉兄七十大寿

凌和民

回眸岁月历沧桑，培李栽桃受表彰。
旷达胸怀心自乐，精神矍铄享安康。

赞家侄铁汉七十华诞(二则)

凌金生

(一)

少小离家任翱翔，培桃育李才堪骄。
先生父子同媲美，施惠乡邻道德高。

(二)

笔墨耕耘数十寿，芬芳桃李实宜人。
荣退故里惠乡梓，大德贤哉铁汉兄。

满庭芳·贺凌铁汉老师古稀初度

陈为群

丹桂飘香,金风送爽,高天淡抹祥云。西窗独坐,心地倍精神。昨日电传喜讯,是父子,结集雄文。有言道,克绍箕裘,泽被后来人。

忆初中岁月,书山领路,大爱无痕。解疑惑,难忘立雪程门。堪叹时光倏忽,情犹切,牢记师恩。佳期在,古稀双庆,福寿笑均匀!

和为群兄贺老师诗

周耘耕

马帐春风大道传，吟坛名宿著新篇。
江豚逐浪因风起，陆范分春有梦牵。
元亮[1]我师难望背，濛初[2]君效已称贤。
诗笺每写疗愁药，笔墨丰收养胃田。

【注释】

①元亮：汪元亮，字大有，号水云，钱塘人。他作为南宋皇帝度宗(1265—1274 年在位)的琴师，随从“三宫”(太皇太后、谢太后、度宗)北去燕都多年，对于亡国之痛感受极深，经常和同去的宫人“涕泣成句”，写了大量爱国诗篇。②濛初：凌濛初(1580—1644)，字玄房，号初成，亦名凌波，一字遐斥，别号即空观主人。明代浙江

乌程(今浙江湖州)人,明代文学家、小说家和雕版印书家。其著作《初刻拍案惊奇》《二刻拍案惊奇》与冯梦龙所著《喻世明言》《警世通言》《醒世恒言》合称“三言二拍”,是中国古典短篇小说的代表。周耘耕先生此处用典独具匠心,他初中师从名儒汪长祥老师,而陈为群初中师从凌铁汉老师,故有“元亮我师”和“濛初君效”之句。

贺恩师七十大寿

石留生

久有凌云志，铁骨吾恩师。
古今英雄汉，七十正当时。
耕耘不求名，传道甚心怡。
恭祝增天寿，花开绕碧枝。

贺爷爷七十大寿

凌水生

凌云壮志志从文，铁尺讲台输翰心。
《汉书》《论语》传闾梓，贤良大德显纯真。

（作者系凌铁汉之堂孙）

贺大哥大嫂七十寿诞

凌铁忠

（一）

枝头喜鹊叫声声，老少欢欣聚大庭。
相敬如宾情切切，儿孙敬酒贺稀龄。

（二）

伉俪古稀齿德增，相濡以沫两知心。
孙贤孙孝天伦乐，携手百年情感深。

（三）

宾客濒临乐此时，举杯同祝咏成诗。
福如东海长流水，寿比南山不老枝。

（四）

退隐田园种梓桑，古稀共庆体康强。
寿高自有松栖鹤，烛影摇红酒正香。

贺大伯父、大伯母七十寿诞

凌姚全

古稀伉俪乐陶然，苦去甘来晚节坚。
福寿双全孚众望，齐家报国两情牵。

（作者系三弟凌铁忠之子）

贺大伯父、大伯母七十寿诞

徐莹洁

退隐田园种梓桑，古稀共庆不寻常。
孙贤子孝人高寿，厚福何妨鬓染霜。

（作者系三弟凌铁忠之儿媳）

祝寿诗

——为伯岳父七十大寿而作

董兴建

祝贺凌君入古稀，铁心从教做人梯。
汉文数理皆通晓，翁婿情缘似海堤。
长久帮邻赢好誉，命中育李为佳期。
百家称颂成模范，岁月平安乐最宜。

（作者系二弟凌铁义之女婿，即凌铁汉侄婿）

致凌铁汉先生诗三首

石春葆

(一)乡贤颂

水碧山青千岭乡,贤人雅士美名扬。
雄才韬略赵疏樵,志勇言长仪凤郎。①
龙燕舍胎捐骨髓,桂香待叔胜新娘。②
扶贫铁汉疏财乐,演绎真情数桂芳。

【注释】

①赵疏樵、仪凤为历史贤人。②龙燕、桂香、铁汉、桂芳为当今贤人。

（二）秀才春秋

勤能补拙著鞭先，能屈能伸喜自然。
忠义情怀无怨悔，退归故里乐绵绵。

（三）手足情

曾记万元岁月稠，粗茶淡饭度春秋。
情同手足悬梁教，夜半挑灯共枕头。

贺凌铁汉先生诗集出版

王鹤 / 城关小学教师、作协秘书长

幽幽翠竹雨新培，两代凌诗傍菊开。
北借清风兄煮酒，父吟雅韵子描梅。
蝉鸣墟里垂杨幕，鹤渡菱塘钓月台。
多有清词常入笔，书成叨扰菊花杯。

贺凌铁汉老师大著问世

司舜 / 中国作家协会会员

三尺讲台粉笔传情名满桑梓，
一书诗文笔走云天享誉松滋。

贺凌铁汉老师《棠棣联芳》结集出版

陈为群

令弟频将喜讯传，师开大道著鸿篇。
春风得意园丁颂，秋月扬辉桂子牵。
永继家声添后秀，联芳昆仲慰先贤。
归休未许偷闲日，薪火腾光耀砚田。

贺乡贤诗集成

吴烊

铁汉儒生性本谦，执教任教多赞言。
为人处世高风尚，夫子退休却未闲。
陶醉诗书勤作赋，吟坛立足铸乡贤。
儿女显现京华地，济困扶危众口传。

西江月·贺《棠棣联芳》付梓

吴淑娥

凌老先生和善，
杏坛退下归田。
安贫乐道总无言，
不忘初心节俭。

熟读儒家经典，
孜孜未倦乡贤。
弘扬国粹颂清廉，
盛世欢歌共勉。

贺凌铁汉先生诗文集付梓(二则)

高昌盛

(一)

执教文坛数十载,勤耕学海未停鞭。
古稀棠棣开新韵,白雪诗歌入锦笺。
满腹经纶桃李秀,家风树帜桂兰贤。
和章道贺时殊晚,预祝耄耋又辑篇。

(二)

棠棣联芳韵味长,生花妙笔壮诗乡。
登高百尺豪情迈,雨福又飘翰墨香。

贺凌铁汉老师诗刊付梓

司国送

君为凌氏一儒贤，辛苦耕耘四十年。
解惑析题培学子，言传身教未休肩。
年登花甲同俦乐，龄届古稀未得闲。
纸上添花结硕果，诗刊付梓乐尧天。

敬祝先生凌君铁汉老师《棠棣联芳》出版

司德普

先生学富德声驰，为国操劳志不移。
育李培桃播润雨，呕心沥血释难题。
文同轼辙才华溢，誉似郊祁并第携。[①]
锦返骚坛勤妙笔，联芳棠棣众钦奇。

司德普
2016 年 10 月 18 日

【注释】

①轼辙为宋朝文学家苏轼、苏辙兄弟；郊祁为宋代同举进士的宋郊、宋祁兄弟。

贺凌铁汉先生《棠棣联芳》付梓

刘林香

老骥扬鞭勇向前,吟旌高举乐陶然。
挥毫泼墨诗词就,《棠棣联芳》众口传。

贺凌君铁汉先生《棠棣联芳》付梓

司火保

培李栽桃无日闲，词联诗赋喜钻研。
吐香翰墨成千卷，掷地有声荡九天。

贺凌铁汉先生《棠棣联芳》付梓

孙颉生

曹村河畔地芳邻,风度翩翩儒雅君。
曾冠浇桃培李者,今殊作赋吟诗人。
埙篪迭奏和谐曲,兰桂同歌幸福门。
谨祝宏词刊就日,清音永播仰雄文。

贺亲侄铁汉诗歌出版(二则)

凌木星

(一)

吾族起源康叔年,剑南一脉永流传。
宗功庇荫家风振,后辈诗歌出版笺。

(二)

诗歌出版换新颜,不禁余心喜欲癫。
老骥无能来祝贺,聊将俚语寄情牵。

贺族弟铁汉诗集出版(二则)

凌鸿安

(一)

振铎传经数十年,培桃育李满林园。
退归故里舒筋骨,宣讲新知助种田。
李杜文章常自习,经书史册更钻研。
吟诗作赋词千卷,面世华章后代传。

(二)

七十年华新出版,家风声振更添颜。
无涯翰墨波翻浪,万卷诗歌雨化烟。
妙笔生花江老句,珠玑博议吕公篇。
我欲题文来祝贺,愧无学识写诗笺。

祝堂兄铁汉诗歌出版

凌飞

《棠棣联芳》锦绣天，曹河沿岸景添颜。
无涯墨海欧苏句，万卷诗歌李杜篇。
妙笔生花掀巨浪，描情写景更芳妍。
谨将俚语来祝贺，滥竽充数呈兄前。

我的爸爸妈妈

凌姚敏

一晃已是四十岁出头了，离开老家也有二十多年了。爸爸妈妈都是1948年出生的，爸爸比妈妈大九天，今年也都六十九周岁了。我们家祖祖辈辈都是生活在农村，爸爸妈妈一直都在老家生活。

妈妈何静宜是位勤劳、节俭、善良的人。辛苦大半辈子，快七十岁了还自给自足，自己种田地、种蔬菜，也养一些家禽。因长年弯腰干活，妈妈驼背比较严重了，腰脊椎也有伤，一弯腰就会疼，医生建议不要经常弯腰，我也经常跟妈妈说不需要再干农活了，她口头也都勉强答应，但总说生活在农村，不能什么都靠买。妈妈到现在也未出过远门，从未离开过宿松县境内。我在北京工作生活近二十年了，平时也接待了不少来自老家及全国各地的亲戚朋友。我也总是请求妈妈来北京看看，玩一玩，妈妈总是说晕车，说老家也需要人看家。其实老房子里也没什么值钱的东西，的确是晕车，也可能是不愿意给别人添麻烦吧，哪怕是对自己的儿子。

妈妈没上过学，但是位识大体、正直有爱的人，这一点可能是像外婆吧。外婆走了二十多年，现在父辈依然经常提起外婆的贤淑。记得六七年前我回老家，刚好碰上外婆去世十五周年，很多人一起去祭拜，给我印象很深的是其中有跟外婆没有血缘关系的舅舅带着子女晚辈们一起祭拜。我想一是因为这位舅舅知礼感恩，另外也是因外婆值得敬重吧。妈妈同乡邻关系非常融洽，也受几位婶婶的敬重，也富有同情心。我这几年在外发展也算顺利，也会给身边的亲戚朋友以及困难的乡邻提供一些帮衬跟资助。妈妈看到类似的事，只会说人家的困难，从来都是鼓励和赞许，从没有制止跟不舍得。其实我很清楚爸爸妈妈的生活质量比起一般的乡邻都算是差的，每次回去也会给妈妈一些钱，但没看到她用这些钱来改善生活。

妈妈跟爸爸一起生活了将近五十年，从未发生过大的争吵。记得在我十二三岁时，隔壁一位爷爷春节假期回老家过年团聚，农村老家也没什么娱乐，基本就是打牌。傍晚吃饭前，妈妈叮嘱我们兄妹几个说：“一会吃饭，你们几个别提打牌的事！你爸一年到头从来不玩牌，下午陪客人输了一点钱，心里舍不得。”长大以后，我一直都认为自己性格像妈妈，做事比较公正，与人为善，只是没有做到妈妈的勤俭和对家庭无私的奉献。

爸爸凌铁汉是一位退休老师，教书四十多年。爸爸在父辈里排行老大，也的确做到了长兄如父。爸爸二十世纪八十年代在中学教书时一直带着三叔、四叔，也是两位叔叔的老师。后来又带着大哥、二哥，我也跟着爸爸读了两年书，再后来是带着妹妹。爸爸虽是公办教师，但那时教师待遇不高，记得小时候父亲工资好像是三十多元。家里有几个小孩，爸爸在学校带着叔叔、哥哥们一直都非常清苦。那时爸爸都是把食堂锅巴承包下来泡着吃，我们现在觉得锅巴挺好吃的，但那时就是为了省一点饭票。现在温饱早已解决，但爸爸不太喜欢喝粥、吃红薯，叔叔们说是那时吃“足”了。爸爸是一位家庭责任感很强的人。一开始在中学任教，考虑到妈妈一个人在老家带着我们做农活，忙不过来，就主动申请从中学调回本村小学任教，到今天亲戚朋友说起这事都觉得惋惜。我的理解就是爸爸为了照顾家庭，一直在尽最大的努力奉献自己。爸爸是一个谦虚、有礼、勤俭自律的人，一直深受同事的尊重、学生的爱戴，也深受乡邻的敬重，多次受到基层单位和有关组织的褒奖，2016年还被县政府评为全县优秀乡贤。

凌铁汉夫妇与儿子凌姚敏合影

爸爸也喜欢喝点白酒和抽点烟，但基本都是比较廉价的烟酒，我平常回去经常会带一些烟酒回去，但因爸爸骨子里的节俭，对好一点的东西还是不舍得享用。我经常跟爸爸开玩笑说：“您是一位退休教师，现在教师的工资在农村也不算低了，您儿子也算一个老板，但您的生活质量在农村可是中等偏下的。”爸爸也就笑一笑，依然保持着大半辈子节俭的习惯，我相信他骨子里对浪费是怀有罪恶感的。我有时也会跟爸爸说：“您跟妈妈生活品质高一些，我们工作会更有动力啊，也会更有成就感啊！”爸爸只会说：“老是高消费，哪来得起呀！”我们老家是全国有名的诗歌之乡，爸爸退休有好几年了，闲暇时间也喜欢作一些诗，也在不同的刊物上发表过，我也计划给爸爸出一本诗集，留个纪念。

爸爸妈妈一直都是勤俭、奉献，老了也不愿意给子女添一点麻烦，身为爸爸妈妈的儿子，我感到幸福，也感谢爸爸妈妈的养育、教导。我也会努力工作，尽力做一个对家庭有责任、对社会有贡献的人。在爸爸妈妈七十岁生日来临之际，我祝爸爸妈妈身体健康，平安喜乐！

（作者系凌铁汉三子，北京云锦天国际投资管理有限公司董事长）

后　记

凌铁汉

大河涨水，小河盈溢；国运昌泰，家道和顺。仰视宇宙，中华崛起；俯察万物，睹微知著。感悟人生价值，修身养德为先；传道授业解惑，谦虚勤谨要紧。

我退休后，心情闲适。承蒙诗友指教，学写近代诗词，因才疏学浅，难免贻笑大方。传承中华文明，愿尽绵薄之力。

良师诤友，不吝赐教，真诚感激，刻骨铭心。本书得以面世，全赖孙学文先生精心策划和编审，三弟铁忠大力支持和组稿，潘金华夫妇精心编制初稿，更有来自部长、将军和领导之关怀鼓励，在此一举致以真诚的感谢！众多师友之佳作，排序难分先后，敬请谅解！

错误缺点，刊中普遍，敬请方家批评指正。

本集刊行欠琢磨，不成诗句不成歌。

诸君玉字相鞭策，友谊情深养太和。

◆家庭生活剪影及师友手书◆

幸福大家庭

在凌铁汉家风的影响下，在北京工作的三儿子凌姚敏（上图主席台右一）多次返乡献爱心，资助家乡贫困群众，获得宿松县委、县政府授予的“扶贫先锋”光荣称号。

儿子凌姚敏出席“2011 中国经济发展论坛”，并荣膺新华社全媒体授予“2011 中国经济优秀人物”奖。

儿孙绕膝

天伦之乐

组图：孙儿们的童趣

三子凌姚敏的女儿马凌静雯、儿子凌承出席中国少年先锋队第七次全国代表大会,受到习近平总书记亲切接见。图为姐弟俩在人民大会堂出席会议期间与同学们合影。

活力少年:马凌静雯、凌承参加学校运动会和 2015 欢乐跑中国北京站活动。

长子凌姚玉一家人

次子凌姚主一家人

三子凌姚敏一家人

女儿一家人陪其四叔凌铁斌在北京天安门参观。后排左起为凌铁汉的女婿何金火、四弟凌铁斌、女儿凌丝亮，前排左为二子凌姚主的儿子凌颗，右为外孙何曙祥。

先生七十華誕頌

夏尽
鶴算庭添百歲身
福壽雙全堪欣樂
詞章咏誦喜逢春
炎涼寵辱皆無念
富貴盈虛未注神
歷盡艱辛多貢獻
休閑身化自由人

賀鐵漢叔父七秩[illegible]
歲在丁酉年孟春月
孫學文 書

浩然正氣
灑落胷懷

賀侄兄鐵漢先生七十華誕
叔弟金生學書

賀凌鐵漢先生六九壽慶

賀晋古稀長壽添歲歲新詩歌
五福至頌獻九如臨緣數子斟
樂紅蒼孫捧盞良宵敬壽
寫謹祝期頤臻

丁酉年春 孫顯生敬撰

賀：凌鐵汉先生七秩華誕

七十人生古謂稀觀君身
健不稱奇今朝賀誕詞隨
意百歲期頤再賦詩

丙申孟冬 項和新書

德重才高經滿腹，生花妙筆清奇。玑珠玉韻總相宜。堂基都俊秀，事業正逢期。鴻案齊眉迎壽誕，古稀世樂依依。兒孫滿眼晚情怡。他年再作賦，酬暢賀期頤。

（臨江仙）賀凌鐵漢先生古稀壽誕

丙申蔭月高雪陽賦書

賀凌鐵漢先生六九生辰書賦

望重才高眾仰之，閑敲律韻美情趣。書法文緣揮妙筆，古稀初度斑衣舞。

曙光燦美夕陽時。信步踏城景暢宜。广交詩友賦新詞。蘭桂騰芳來解頤。

高雪阳

贺凌铁汉先生宗楹联芳付梓

文章道德聚一身

卓字非凡笔有神

高举吟旌千簇锦

宏编唐楹万家春

中共雨福村党总支

雨福村民委员会

二〇一七年丁酉孟春日

刘福和书

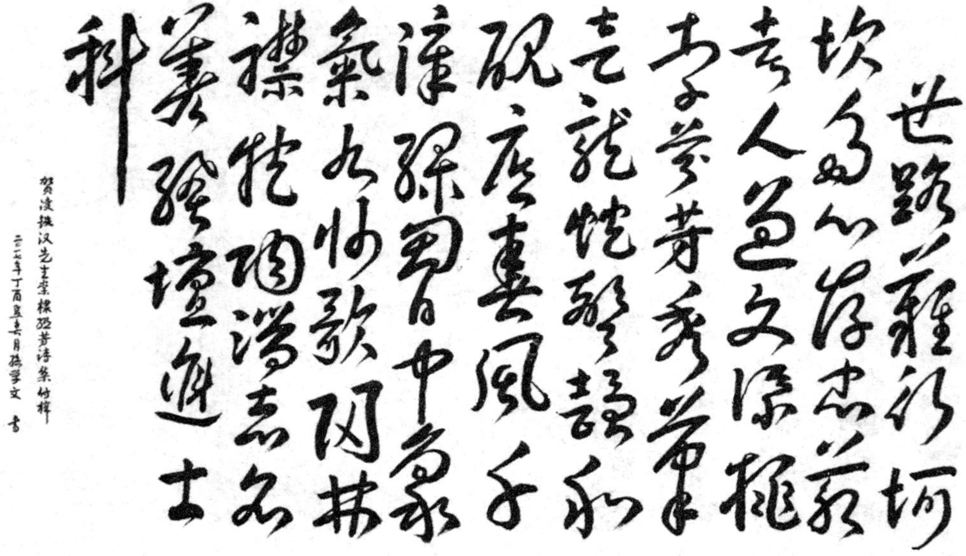
二〇一七年丁酉夏五月孙学文 书

師徳如山

賀鐵漢先生七十華誕
暨詩集付梓 金生書

賀淩鐵漢先生『棠棣聯芳』付梓

曾村河畔地芳鄰、風度翩翩儒雅君、曾
冠説桃培李者、今殊作賦吟詩人、攢麓
迭奏和諧曲、蘭桂同歌幸福門、謹祝
宏詞列就日、清音永播仰雄文

丁酉年秋月
孫韻生敬撰

賀凌鉄汉先生《棠棣联芳》詩集出版

花萼交輝飄异香
玉昆金友譜華章
珠玑字字銀鉤祥
玉語篇篇意志強
施教育才揮蓼筆
盡忠報國效賢良
學庸識浅難成賦
聊表初心韵味長

丙申孟冬月 項和記

艺海扬帆喜泛舟
吟诗作赋话春秋
着书立卷寻真趣
写尽人间乐与忧

祝凌铁汉先生诗集付梓

贺六凌先生紫楼联萃问世

联萃一卷是瑶琴，绽放琼瑶泛彩霞。
妙笔生花花更艳，香山联韵韵犹佳。
经纶满腹斯文雅，紫楼吟馨咏物华。
穷索枯肠无遗句，联将俚语贺方家。

丙申孟冬 高云阳学书 敬 [illegible]。

信步文坛数十载，讲台素养辉煌。才高望重譽松江。輸胸中万卷，育李桃芬芳。退隐归林情篤篤，齊家報國業恒長。怡翰海興縣，雅歌松山勝景，咏曉水風光。

（臨江仙）為凌鐵漢先生詩詞付梓

丙申蒲月亮昌威題書